윈저의 즐거운 아낙네들

셰익스피어학회 총서 014

윈저의 즐거운 아낙네들

The Merry Wives of Windsor

월리엄 셰익스피어 지음

김인표 옮김

도서출판 동인

발간사

지금까지 셰익스피어 작품에 대한 번역은 끊임없이 다양한 동기에 의해 진행되어 왔다. 초창기 셰익스피어 작품 번역은 일본어 번역을 우리말로 옮기는 작업이었다. 일본이 서구에 대한 수용을 활발한 번역을 통해서 시도하였기 때문에 일본어를 공부한 한국 학자들이 번역을 하는 데 용이했던 까닭이었다. 하지만 이 경우는 문학적인 차원에서 서구 문학의 상징적 존재인 셰익스피어를 문학적으로 소개하는 것이 목적이어서 문어체를 바탕으로 문장의 내포된 의미를 부연하게 되어 매우 복잡하고 부자연스러운 번역이 주조를 이루었던 것이 문제가 되었다.

그 다음 세대로서 영어에 능숙한 학자들이나 번역가들이 셰익스피어 번역에 참여하게 되었다. 셰익스피어 작품에 대한 수많은 주(note)를 참조하여 문학적 이해와 해석을 곁들인 번역은 작품의 깊이를 파악하는 데 많은 도움이 되었다고 볼 수 있다. 하지만 셰익스피어 작품을 무대에 올리는 배우들에게는 또 다른 문제가 생길 수밖에 없었다. 문학적 해석을 번역에 수용하는 문장은 구어체적인 생동감을 느낄 수 없었고, 호흡이 너무 길어 배우가 대사로 처리하기에 부적합하였다.

이런 문제점을 해결하기 위해서 번역가마다 각자 특별한 효과를 내도록 원서에서 느낄 수 있는 운율적 실험을 실시하기도 하였다. 그런 시도는 셰익스피어 번역에 새로운 분위기를 자아내었을 뿐 아니라 다양한 번역이 이루어져 나름의 의미가 있었다고 본다. 반면에 우리말을 영어식의 운율에 맞추는 식의 인위적 효과를 위해서 실험하는 것은 배우들이 대사 처리하기에 또 다른 부자연성을 느끼게 하였다.

한국에서 셰익스피어를 연구하는 학자들이 모이는 한국셰익스피어학회에서 셰익스피어 탄생 450주년을 기념하여 셰익스피어 전작에 대한 새로운 번역을 시도하기로 하였다. 우선 이번 번역은 셰익스피어 원서를 수준 높게 이해하는 학자들이 배우들의 무대 언어에 알맞은 번역을 한다는 점에서 차별성을 두고자 한다. 또한 신세대 학자들이 대거 참여하여 우리말을 현대적 감각에 맞게 구사하여 번역을 하자는 원칙을 정하였다.

시대가 바뀔 때마다 독자들의 언어가 달라지고 이에 부응하는 번역이 나와야 한다고 본다. 무대 위의 배우들과 현대 독자들의 언어감각에 맞는 번역이란 두 마리 토끼를 잡는 것은 그리 쉬운 일은 아니지만 매우 의미 있는 일일 것이다. 이번 한국 셰익스피어 학회가 공인하는 셰익스피어 전작 번역이 성공적으로 이루어지도록 뒷받침하는 도서출판 동인의 이성모 사장에게 심심한 감사의 뜻을 전하며 인문학의 부재의 시대에 새로운 인문학의 부활을 이루어내는 계기가 되리라 믿는다.

2014년 3월
한국셰익스피어학회 17대 회장 박정근

옮긴이의 글

『윈저의 즐거운 아낙네들』은 셰익스피어의 주요 작품 목록에 들지 못한다. 역자의 개인적 경험에 비춰 보아도 셰익스피어를 가르치면서 이 작품을 학부 학생들을 위한 교재로 선정하여 수업시간에 다뤄본 기억이 없다. 학부의 셰익스피어 수업을 위해서 단골로 선정되는 작품은 4대 비극 작품들이거나, 『로미오와 줄리엣』처럼 학생들이 좋아하고 대중에게 널리 알려져 있는 작품, 혹은 희극 작품 가운데에서도 『한여름 밤의 꿈』, 『십이야』, 『뜻대로 하세요』, 『말괄량이 길들이기』와 같은 인기 작품들이다. 『윈저의 즐거운 아낙네들』은 영문과 학생을 위한 수업용 작품으로 선택 빈도가 다른 주요 작품들에 비해 현저하게 떨어지는 것이 사실이다.

한국셰익스피어학회로부터 『윈저의 즐거운 아낙네들』에 대한 번역의뢰를 받은 후, 역자는 이 작품에 대해 본격적으로 관심을 갖게 되었다. 또한 긴 기간에 걸쳐 번역을 하면서 이 극이 흥미 면에서 본다면 셰익스피어의 여타 희극에 비해 결코 뒤지지 않는다는 사실을 발견하였다. 작품성에 대한 논의는 별개로 하더라도, 이 극은 일단 재미있고 해피엔딩으로 끝나는 희극이라는 점에서 관객이 즐겁게 관람할 수 있는 작품이기 때문에 공연 면에서 성공의 가능성이 보장되는 작품이다.

역자가 이 작품을 번역하기 위해 주로 사용한 텍스트는 아든 셰익스피어 시리즈 3판과, 뉴 케임브리지 셰익스피어이다. 실제 번역 과정에서 두 텍스트에 실린 주석을 많이 참고하였고, 또한 영국방송(BBC TV) 셰익스피어 편집본 말미에 실린 그로서리를 활용하기도 하였다. 아울러 이전에 이미 훌륭한 선배들이 이룩해놓은 한국어 번역들도 참고하였는데 특히 김정환, 오화섭 두 분의 번역이 많은 도움이 되었다.

이번 번역을 하는 데 있어서 역자가 가장 역점을 둔 점은 원문에 대한 정확한 의미 파악이었다. 원문에 대하여 일단 직역에 가깝게 번역을 하는 것을 원칙으로 하였고, 직역으로 인해 우리말 표현이 어색해진 경우에는 원문의 의미를 손상하지 않는 범위 내에서 자연스러운 표현이 되도록 수정하였다. 때로는 단어 자체가 지닌 본래의 사전적 의미가 아니라 주석을 참조하여 문맥에 맞는 의미를 취하여 번역하기도 하였다. 정확한 의미 파악에 역점을 두다보니 학회가 본래 기획했던, 공연에 적합한 번역이라는 취지에는 미흡할 수도 있겠지만, 그러한 미흡함은 이 두 가지 요건을 동시에 완벽하게 충족시키는 것은 애초부터 사실상 불가능하다는 점에서 불가피한 선택이라고 여겨진다.

긴 기간 동안 많은 시간을 투자하였음에도 불구하고, 번역이 미흡하고 부족한 점을 인정하지 않을 수 없다. 탈고의 시점에 이르러서도 곳곳에 도사리고 있는 오역의 가능성 탓에 여전히 마음이 편치 못하다. 펜을 놓으면서 앞으로 더 나은 번역을 기다리기까지의 가교 역할만을 감당한다는 심정으로 스스로 위로해본다. 이번 셰익스피어학회의 번역 사업을 통해『윈저의 즐거운 아낙네들』뿐만 아니라 셰익스피어 전 작품이 한국 독자들에게 한걸음 더 가까이 다가서는 계기가 되기를 희망해본다.

2015년 11월
김인표

| 차례 |

등장인물

존 폴스타프 경

로빈 폴스타프의 시동

바돌프, 피스톨, 님 폴스타프의 추종자들

로버트 샐로우 시골 판사

에이브러햄 슬렌더 젊은 신사, 샐로우의 친척

피터 심플 슬렌더의 하인

펜튼 젊은 신사, 웨일즈 왕자의 전 동료

조지 페이지 윈저의 시민

마가레트(메그) 페이지 조지 페이지의 부인

앤(낸) 페이지 페이지의 딸

프랭크 포드 또 다른 윈저의 시민

앨리스 포드 프랭크 포드의 부인

존, 로버트 포드 집안의 하인들

휴 에번스 경 웨일즈인 목사

카이어스 의사 프랑스인 의사

존 럭비 카이어스 의사의 하인

퀴클리 부인 카이어스 의사의 가정부

가터 여관 주인

아이들 마지막 막에서 요정 복장으로 등장

1막

1장

판사 섈로우, 슬렌더, 휴 에번스 경 등장

섈로우 휴 목사님, 날 설득하지 마시오. 이 일을 국왕 법정[1]에 고소하겠소. 그자가 스무 명의 폴스타프라 해도, 이 향사鄕士[2] 신분인 로버트 섈로우를 모욕할 수야 없지.

슬렌더 그로스터 주의 치안판사[3]이잖아요.

5 **섈로우** 그렇고말고. 슬렌더 조카[4], 게다가 법정 기록보관원[5]이지.

슬렌더 그럼요. 또한 기록 관리원이기도 하고, 타고난 신사지요. 목사님, 이 분은 어떤 계산서건, 보증서건, 채무면제서나, 채무이행서건 간에, 자신을 '아미저로'[6]라고 쓰지요 — '향사'라고 말이에요.

섈로우 그렇지, 그게 내가 하는 일이고, 삼백 년 동안 내내 그렇게 해왔지.

10 **슬렌더** 이 분보다 먼저 돌아가신 모든 자손들[7]이 그랬고, 이 분 뒤에 오

---

1. '성실청'(Star Chamber)은 천장에 별이 그려져 있는 웨스트민스터 궁에서 열리는 법정으로 '국왕 법정 위원회'(The King's Council)를 말한다.
2. 향사(esquire)는 기사(knight) 아래의 신분이다.
3. Coram은 라틴어의 'quorum'에 대한 변형이며, 중죄 심판이전에 적어도 2명 이상이 참석해야 하는 특별 치안판사의 칭호이다.
4. 'cousin'은 친척을 부르는 말로 나이로 보아 섈로우는 슬렌더의 아저씨뻘이다.
5. Custalorum은 라틴어의 'Custos Rotulorum' 축약형으로 기록보관원(keeper of the rolls)을 의미하며 주 법정에서 법정기록을 담당하는 수석 판사이다.
6. 기사(knight)와 소지주(yeoman) 사이의 계급.
7. 슬렌더는 자손들(successors)과 조상들(ancestors)을 거꾸로 말함으로써 무식함을 드

실 모든 조상들이 그럴 거예요. 코트에는 하얀 창꼬치(루스)가 열두 마리나 그려져 있는 문장紋章을 달고 다니죠.

샬로우 그건 오래된 문장이지.

에번스 열두 마리의 하얀 이(라우스)는 낡은 코트에 잘 어울리겠군요. 아주 잘 어울려요. 인간에게는 친숙한 짐승이고 사랑을 뜻하죠.   15

샬로우 창꼬치는 신선한 민물고기고, 늙은 대구는 짠 바닷물고기지요.

슬렌더 저도 문장을 추가할 거예요, 아저씨.

샬로우 아무렴, 결혼하면 할 수 있지.

에번스 정말로 상하게[8] 되겠군, 그가 그것을 네 등분하면.

샬로우 전혀 그렇지 않소.   20

에번스 그렇다니까요, 참말로. 만약 그가 판사님 코트의 사분의 일을 갖게 되면, 제가 추측건대, 판사님에겐 치마[9] 세 벌만 남게 되죠. 하지만 그건 아무래도 좋아요. 존 폴스타프 경이 판사님을 모욕했다면, 제가 교회에 봉직하고 있으니까, 기꺼이 죗값을 치르게 해서 두 분이 화해하도록 해드리리다.   25

샬로우 추밀원[10]에 알릴 거요. 이건 폭동이니까.

에번스 추밀원에 폭동을 알리는 것은 적합하지 않아요. 폭동을 일으키는 자는 하나님을 두려워하지 않아요. 이봐요, 추밀원은 폭동 얘기

러낸다.

8. 에번스는 결혼(marrying)과 상함(marring)의 영어발음이 유사함을 이용해 말재간을 보이고 있다.

9. 긴 코트의 하부에 4개의 조각으로 이루어진 부분.

10. 성실재판소(Court of Star Chamber)의 추밀원(Privy Council), 즉 국왕 위원회(King's Council)를 말한다.

가 아니라, 하나님을 두려워하는 말을 듣고 싶어 할 거요. 이점을 고려하세요.

샬로우 하! 나 원 참, 내가 다시 젊어질 수만 있다면, 한칼에 끝장을 낼 텐데.

에번스 친구를 칼 삼아 끝장내는 게 낫죠. 그리고 내 머리에 또 다른 계획이 있는데, 아마 결과가 좋을 거예요. 조지 페이지의 딸, 앤 페이지가 있는데 ― 예쁜 처녀죠.

슬렌더 앤 페이지 양이라고요? 갈색머리에다, 목소리가 높고 여성스러운 처녀 말인가요?

에번스 당신이 꼭 바라는 사람이 그 사람이지요. 7백 파운드 현금과 금, 은을 그녀의 할아버지가 임종 시에 (하나님이 그분의 기쁜 부활을 인도해 주시기를!) ― 남겨주었는데, 그녀가 열일곱 살이 되면 받을 수 있어요. 그러니 우리의 말다툼과 싸움은 접어두고, 에이브러햄 슬렌더와 앤 페이지 양의 결혼을 추진하는 게 좋겠어요.

슬렌더 앤의 할아버지가 그녀에게 7백 파운드를 남겼다고요?

에번스 그렇다니까요. 게다가 그녀 아버지도 더 많은 돈을 물려줄 거요.

샬로우 나도 그 젊은 아가씨를 알지. 재능이 있는 여자야.

에번스 7백 파운드에다, 더 많은 유산을 받을 가능성이 있으니, 훌륭한 재능이지요.

샬로우 그럼, 정직한 페이지 씨를 만납시다. 폴스타프는 안에 있소?

에번스 제가 왜 거짓말을 하겠어요? 전 부정한 자와 진실하지 못한 자를 경멸하듯이, 거짓말쟁이를 경멸해요. 기사 존 경이 여기 있습니다. 청컨대 당신에게 호의를 가진 사람의 말을 들으세요. 내가 문을 두드려 페이지 씨를 부르리다. (문을 두드린다.) 이보시오? 이 집에 하나님의 축복이 있기를!

페이지 (안에서) 누구시오?

페이지 등장

에번스 하나님의 은총과 당신의 친구요. 그리고 샬로우 판사와 젊은 슬 55
렌더 씨요, 당신이 괜찮으시다면, 아마도 이 분은 당신에게 또 다른 이야기를 해주실 분이지요.

페이지 뵙게 되어 반갑습니다, 목사님. 샬로우 씨, 보내주신 사슴고기 감사드립니다.

샬로우 페이지 씨, 원 별 말씀을, 뵙게 되어 반갑소. 더 나은 사슴고기를 60
드렸어야 했는데, 서투르게 잡은 고기라서. 페이지 부인께서는 잘 지내시죠? 항상 진심으로 감사드립니다. 정말 진심으로요.

페이지 판사님, 제가 고맙습니다.

샬로우 제가 고맙지요. 진심으로 감사드립니다.

페이지 만나서 반가워요, 슬렌더 씨. 65

슬렌더 당신네 연한 갈색 그레이하운드는 잘 있나요? 콧솔[11] 언덕의 시합에서 졌다고 들었는데요.

페이지 판정하기가 어려웠죠.

슬렌더 인정하시지 않을 참이군요. 인정하지 않을 참이야!

샬로우 당연히 시인 안하지. 운이 나빴어. 운이 나빴다고. 좋은 개인데. 70

페이지 똥개지요.

---

11. Cotsall은 'Cotswold'에 음성적 철자표기로 사냥개 경기가 열리던 언덕을 가리킴.

샬로우 훌륭하고 잘생긴 개죠. 더 이상 말이 필요한가요? 그 개는 훌륭하고 잘생겼어요. — 그런데 존 폴스타프 경이 여기 있지요?

페이지 판사님, 그분은 안에 계십니다. 제가 두 분 사이에 일을 주선했으면 합니다.

에번스 과연 기독교인다운 말씀이십니다.

샬로우 그자가 날 모욕했소, 페이지 씨.

페이지 그분도 어느 정도 그 점을 시인하시더군요.

샬로우 시인한다고 죄가 보상되는 건 아니죠. 안 그래요, 페이지 씨? 그자가 나를 모욕했고, 정말로 모욕했고, 한마디로 말해서 모욕했어요. 내 말 좀 믿어요. 향사인 로버트 샬로우가 모욕을 당했단 말이에요.

페이지 여기 존 경께서 오십니다.

존 폴스타프 경, 바돌프, 님, 그리고 피스톨 등장

폴스타프 이봐요. 샬로우 씨, 나를 국왕에게 고발하시겠다고?

샬로우 기사 양반, 당신은 내 부하들을 때리고, 내 사슴을 죽이고, 내 집을 부쉈소.

폴스타프 하지만 관리인 딸과 키스하지는 않았잖소!

샬로우 쳇, 상관없는 소리 말고! 내 말에 대답이나 하시오.

폴스타프 똑바로 대답하지. 모든 걸 내가 했다. 이게 대답이오.

샬로우 추밀원에서도 이 사실을 알게 될 거요.

폴스타프 비밀리에 알려지는 게 당신에게 더 나을 거요. 당신이 웃음거리가 될 테니까.

에번스 말을 아껴요,[12] 존 경, 좋은 말로 하시오.

폴스타프 좋은 말로? 좋은 배추[13]라고! 슬렌더 씨, 내가 당신 머리를 깼다. 그래서 당신이 나에게 뭐가 불만인데?

슬렌더 저런, 나리, 내 머리 속에는 당신에 대한 불만이 들어있고, 당신 95
의 사기꾼 모리배들인 바돌프, 님, 피스톨에게도 불만이 있소. 그
자들이 날 술집으로 데려가서 취하게 해놓고, 그 뒤에 내 주머니
를 털었소.

바돌프 너 이 벤버리 치즈 모양 말라빠진 것이!

슬렌더 아, 별일 아니네. 100

피스톨 아니 뭐야, 이 악마 메피스토펠레스 같은 자식이?

슬렌더 아, 별일 아니라니까.

님 잘라버려, 정말로! 아주 잘게, 잘라버리라고. 그게 내 유머야!

슬렌더 내 하인 심플은 어디 있나? 아세요, 아저씨?

에번스 조용히 해요, 제발! 자, 봅시다. 이 사건에는 심판이 셋이나 있군 105
요. 내가 보기엔. 즉, 페이지 씨, 말하자면 페이지 씨, 그리고 나
자신, 말하자면 나 자신, 그리고 세 번째는, 마지막으로 그리고
최종적으로, 우리의 가터 여관 주인.

페이지 우리 셋이서 들어보고 그들 사이의 일을 끝냅시다.

에번스 좋아요. 내가 노트에다 간략하게 적어둘 테니, 나중에 최대한 신 110
중하게 원인을 따져 봅시다.

폴스타프 피스톨!

피스톨 귀를 세우고 듣고 있어요.

---

12. 라틴어 *Pauca verva*는 'few words'로 말을 아끼라는 의미이다.
13. 폴스타프는 에번스가 말(words)을 배추(worts)처럼 발음하는 것을 조롱하고 있다.

에번스 고약하군 그래, 이게 무슨 말이야! 귀를 세우고 듣고 있다니? 아

니 이건 가식이요!

폴스타프 피스톨, 자네가 슬렌더 씨의 지갑을 훔쳤나?

슬렌더 그래요. 이 장갑에 걸고, 그가 훔쳤소. 아니라면 나는 내 커다란

방으로 다시는 들어가지 않을 거요! 가장자리가 깔쭉깔쭉한 6펜

스 가치가 나가는 일곱 개의 4펜스짜리 동전, 그리고 내가 에드

밀러에게서 산 2실링 2펜스짜리 원반게임용 에드워드 실링 동전

두 개를 훔쳐갔소, 이 장갑에 걸고!

폴스타프 이게 사실인가, 피스톨?

에번스 아니, 거짓이죠, 그게 소매치기 얘기라면.

피스톨 이런, 웨일즈 산골 촌놈 같으니라고! ―

존 경이자 나의 주인 나리여,

이 함석 칼 모양으로 생긴 이놈에게 결투를 신청하는 바입니다. ―

여기 네 놈 입술에 아니다 라는 말을 새겨넣어주지!

아니다 라는 말을! 이 거품 찌꺼기 같은 놈이 어디다 대고 거짓말이야!

슬렌더 (님을 가리키며) 이 장갑에 걸고, 그렇다면 저자입니다.

님 조심하시지 선생, 그리고 잘 견뎌나 보시지. 내 말은 '정말이지

네 일이나 신경 쓰라고' 말해줘야겠어. 만약 네가 날 상대로 도둑

잡는 경찰 행세[14]를 할 셈이라면 ― 너야말로 맛 좀 보게 될걸.

슬렌더 이 모자에 걸고, 그렇다면 저 얼굴 붉은 자가 했어요. 당신들이

나를 술에 취하게 했을 때 내가 한 일을 기억할 수는 없어도, 내

---

14. 'nuthook'은 원래 견과나무에서 과일을 따는 장대이지만, 런던 지하세계의 은어에
서는 '악당을 체포하는 경찰관'을 의미한다.

가 그렇게 완전한 바보는 아니니까.

폴스타프 자, 빨간 덩치[15] 자네는 뭐라 하겠나?

바돌프 네, 주인님, 제 입장은 저 신사 양반이 술에 취해서 '오문'五文을 잃고 도덕을 상실했다 이겁니다.

에번스 '오문'이 아니라 '오감'五感일 테지. 제길 무식하기는!

바돌프 주인님, 술에 취해서, 사람들 말처럼 강도를 당한 거지요. 그리고 140 감당을 못하게 되었던 거죠.

슬렌더 맞았어. 그때도 역시 라틴어로 말하듯이 지껄였지. 하지만 그건 문제가 아니야. 이 일을 당하고 보니, 정직하고, 예의 있고, 경건한 사람들이 아니라면, 살아있는 동안 다시는 술 취하지 말아야 지. 술을 마시더라도 술 취한 악당들 말고, 하나님을 두려워하는 145 사람들하고 마셔야겠어.

에번스 하나님이 판단하시건대, 그건 고결한 결심이오.

폴스타프 신사 여러분, 들으셨다시피 모든 일이 부인되었소. 다들 들으셨죠.

앤 페이지가 포도주를 들고 등장. 포드 부인과 페이지 부인 등장

페이지 아니다, 얘야. 포도주를 안으로 가져가거라. 우리가 안에서 마실 거다.   (앤 페이지 퇴장) 150

슬렌더 오 하나님, 이 사람이 앤 페이지 양이구나.

페이지 어쩐 일이세요, 포드 부인?

---

15. 로빈 후드의 명랑한 두 사람 Will Scarlet과 Little John을 지칭하며 얼굴이 붉고, 덩치가 큰 바돌프는 두 가지 특징을 다 가지고 있다.

폴스타프 포드 부인, 정말로 잘 만났습니다. 실례하겠습니다, 훌륭한 부인.

(그녀에게 키스한다.)

155 **페이지** 여보, 이 신사들을 환영해줘요. — 자, 저녁식사로 뜨거운 사슴고 기 파이를 마련했어요. 들어가시죠, 신사 여러분, 술 한 잔으로 모든 불친절을 털어버립시다. (슬렌더만 빼고 모두 퇴장)

슬렌더 40 실링이 들더라도 『연애 시집』이 하나 있어야겠는데.

심플 등장

어쩐 일이야, 심플, 어디 갔었느냐? 내가 직접 나를 시중들어만 하

160 겠어? 자네 『수수께끼 책』 가진 거 없나?

심플 『수수께끼 책』이라고요? 아니, 미카엘 축일 이주일 전, 지난 만 성절[16]에 앨리스 쇼트케익에게 빌려주시지 않으셨나요?

샐로우와 에번스 등장

샐로우 자, 자, 조카, 우리가 자넬 기다리고 있었어. 자네에게 할 말이 있 다고. 정말이지, 이 일은, 조카, 휴 목사님에 의해서 부드럽게, 말

165 하자면 부드럽게 간접적으로 이루어졌어. 내 말 알아듣겠어?

슬렌더 물론이죠, 아저씨. 제가 합리적이라는 것을 아시게 될 테니까요. 그렇게 되면, 전 합리적인 일이라면 하겠어요.

---

16. 만성절(All Saints' Day)은 11월 1일이며, 미카엘 축일(Michaelmas)인 9월 29일보 다 한 달 후이다. 심플은 만성절 다음 열흘 후인 11월 11일 마틀 축일(Martlemas) 과 혼동하고 있다.

샐로우 아니, 내 말뜻을 이해하라고.

슬렌더 이해하고 있어요.

에번스 그분 제안에 귀를 기울이세요. 슬렌더 씨. 당신이 할 수만 있다 170
면, 내가 그 문제를 당신에게 설명해드리겠어요.

슬렌더 아니, 저야 샐로우 아저씨께서 말씀하시는 대로 하겠습니다. 절
용서해주신다면 말씀드리지만, 이 분은 이 나라 치안판사시거든
요. 제가 여기 서있는 것만큼 확실해요.

에번스 하지만, 그게 문제가 아니라 문제는 당신 결혼이요. 175

샐로우 맞아요, 그게 요점이지요, 목사님.

에번스 정말, 그거예요. 바로 그 요점은 앤 페이지 양과의 결혼이지요.

슬렌더 네, 그렇다면, 어떤 합리적인 요구 조건에서라면 그녀와 결혼하
겠어요.

에번스 하지만 당신 그 여자를 사랑할 수 있겠소? 당신 입 혹은 입술로 180
부터 그 말을 들어 알게 해줘요 — 왜냐면 많은 철학자들이 입술
은 입의 일부라고 주장하니까요. 그러므로 정확히 그 처녀에게
당신은 호의를 전할 수 있겠소?

샐로우 조카, 에이브러햄 슬렌더, 그녀를 사랑할 수 있겠나?

슬렌더 그러길 희망합니다, 아저씨. 합리적인 일을 하려는 사람에게 어 185
울릴 테니까 그렇게 하겠어요.

에번스 아니, 정말로, 당신이 그녀에 대한 당신의 마음을 전할 수 있다면
긍정적으로 말해야 해요.

샐로우 그래야 하고말고. 훌륭한 지참금에 걸고, 그녀와 결혼할 수 있겠나?

슬렌더 아저씨께서 하라시면, 아저씨, 합리적인 선 안에서 그보다 더한 190

일도 하겠어요.

샐로우 아니, 내 말을 좀 생각해보게나, 조카. 생각 좀 해. 내가 하는 일은 자네를 기쁘게 하려는 거야. 그 처녀를 사랑할 수 있겠나?

슬렌더 아저씨께서 요청하신다면, 그녀와 결혼하겠어요. 하지만 시작할 때 큰 사랑이 없다면, 우리가 결혼하고 서로를 알게 될 기회를 더 많이 갖게 될 때, 더 잘 알게 되면서 사랑이 감소하게[17] 되겠지요. 친숙해지면 더 많은 만족이 증가하길 희망해요. 하지만 '그녀와 결혼하라'고 말씀하시면 그녀와 결혼하겠어요 — 이 점에 대해서 저는 자유롭고 분망하게 열려있답니다.

에번스 아주 분별 있는 대답이오. '분망하게'라는 단어에 실수가 있는 걸 빼고는 말이오. 그 단어는 의미로 보면 '단호하게'이지요. 그의 의미는 맞아요.

샐로우 그래요. 제 조카도 그런 의미였을 겁니다.

슬렌더 그렇고말고요. 안 그러면 제가 교수형을 당해도 좋아요!

앤 페이지 등장

샐로우 아름다운 앤 양이 오시네. — 앤 양, 그대를 위해 나도 젊어지고 싶군!

앤 저녁식사가 준비되었습니다. 저의 아버님께서 어르신네들을 기다리십니다.

샐로우 내가 그분 식사 시중을 들어드려야지, 아름다운 앤 양.

---

17. 슬렌더는 증가한다(increase)고 말해야 할 때 감소한다(decrease)고 말실수하여 무식함을 드러낸다.

에번스 아차! 나도 식전 감사기도에 늦지 말아야지. (샐로우와 에번스 퇴장)   210

앤   안으로 들어가시겠어요?

슬렌더 아니, 고맙습니다만, 참말로, 정말이지 전 괜찮습니다.

앤   식사가 마련되었습니다.

슬렌더 전 배고프지 않습니다. 정말, 감사합니다. (심플에게) 이봐, 어서 가
거라. 너는 내 하인이지만, 가서 샐로우 아저씨 시중을 들어드려   215
라. (심플 퇴장) 치안판사도 때로는 친구에게 하인을 신세지지요. 저
는 어머니가 돌아가실 때까지는 하인 셋과 소년 하나밖에는 못
부립니다. 하지만 뭔 상관있습니까? 전 타고난 가난한 신사처럼
살고 있어요.

앤   당신이 안 들어가시면 저도 못 들어갑니다. 당신이 들어가실 때   220
까지 모두 자리에 앉지 않으실 겁니다.

슬렌더 정말이지 아무것도 안 먹겠어요. 먹은 거나 진배없이 감사드려요.

앤   제발, 들어가세요.

슬렌더 여기서 걷는 편이 좋겠어요, 감사합니다. 일전에 검술 선생하고
장검과 단검으로 시합을 하다가 정강이에 타박상을 입었거든요   225
─ 끓인 사과를 걸고 세 판을 싸웠죠 ─ 그리고, 정말로, 저는 그
후로는 뜨거운 고기 냄새도 견디질 못해요. ─ 댁의 개들이 왜
저렇게 짖나요? 마을에 곰[18]이 있나요?

앤   그런 것 같아요. 사람들이 말하는 소리를 들었어요.

슬렌더 저도 곰 놀리기 놀이를 아주 좋아해요. 하지만 잉글랜드에 있는   230

---

18. 곰 놀리기 놀이(bear-baitng)는 사슬에 묶인 곰을 개가 공격하는 놀이로 당시에 널
리 유행하였다.

어느 사람 못지않게 그 놀이에 반대합니다. 곰이 풀려 나오면 무섭죠. 안 그래요?

앤 네, 정말 그래요.

슬렌더 저에게 지금은 즐거운 놀이일 뿐이죠. 색커슨이란 곰 녀석이 스무 번이나 풀려나온 걸 봤는데, 제가 쇠사슬로 잡았었죠. 하지만, 정말이지, 여자들이 어찌나 소리치고 비명을 지르는지 대단했어요. 정말로, 여자들은 곰을 못 견디죠. 곰은 못생기고 사나운 존재거든요.

페이지 등장

페이지 자, 가문이 훌륭한 슬렌더 씨, 어서 와요. 우리 모두 당신을 기다리고 있소.

슬렌더 감사합니다만, 전 아무것도 먹지 않겠습니다.

페이지 정말, 그러면 안 돼요. 어서 갑시다.

슬렌더 아니, 앞서 가십시오.

페이지 어서요, 선생.

슬렌더 앤 양. 먼저 가세요.

앤 전, 아니에요, 선생님. 계속 가세요.

슬렌더 정말로, 먼저 가지 않겠습니다. 참말로 ─ 원! 당신에게 그런 실례를 범할 수는 없어요.

앤 제발, 선생님.

슬렌더 그럼 귀찮게 해드리기보다는 예의 없는 게 낫겠군요. 아가씨가 자신에게 너무 심하게 대하니까, 정말로!　　　(슬렌더가 앞서서 퇴장)

2장

휴 에번스 경과 심플이 저녁 식사를 마치고 등장

에번스 어서 가서, 카이어스 의사 선생님 댁이 어딘지 알아오게나. 거기에 퀴클리라는 여자가 살고 있는데, 가정부든지, 보모든지, 세탁이나 설거지 혹은 빨래 일을 하는 사람이든지 그렇다네.

심플 알겠습니다, 목사님.

에번스 아니, 좀 더 있네. 이 편지를 그녀에게 전해주게. 왜냐하면 그 여 5
자는 앤 페이지 양하고 완전히 잘 아는 사이거든. 그리고 그 편지는 앤 페이지 양에 대한 자네 주인의 마음을 잘 말해달라고 그녀에게 부탁하는 내용일세. 어서 가게. 나는 식사를 마쳐야겠어, 사과와 치즈가 나온다고 했으니까. (퇴장)

3장

폴스타프, 여관 주인, 바돌프, 님, 피스톨, 로빈 등장

폴스타프 이봐요, 가터 여관 주인장 —

여관 주인 무슨 말씀이시오, 대장 나리? 학자답게, 그리고 현명하게 말씀해보시오.

폴스타프 정말로, 주인 양반. 내 부하 몇 놈을 쫓아 보내야 하겠소.

여관 주인 버리신다고요, 헤라클레스 대장 나리. 해고군요! 그들을 떠나보내세요. 총총, 빠른 발걸음으로!

폴스타프 나는 일주일에 10파운드로 여기서 살고 있소.

여관 주인 당신은 황제요. 케사르, 카이저, 그리고 피이저이십니다. 바돌프는 제가 고용하지요. 술통에서 술을 뽑아내고 급사 일을 하게 될 거요. 그러면 됐죠. 헥토르 대장님?

폴스타프 그렇게 해주시오, 착한 주인장.

여관 주인 말한 대로 하겠으니, 그자를 따라오라고 하시오. — (바돌프에게) 자네 맥주에 거품내고 포도주에 석회 넣는 것 좀 보여주게. 내가 말한 대로, 따라오게. (퇴장)

폴스타프 바돌프, 그분을 따라가게. 급사는 좋은 직업이야. 낡은 망토로 새 재킷을 만드는 셈이지. 시들어빠진 하인이 싱싱한 급사가 되는 거야. 잘 가게.

바돌프 이건 제가 바라던 생활입니다. 승승장구할 겁니다. (바돌프 퇴장)

피스톨

저런 천박한 헝가리 유령 같은 놈. 술병 꼭지나 흔들 참이냐? 20

님 그 자식은 술김에 만들어진[19] 놈이거든. 그 유머 기발한 착상이
아닌가?

폴스타프 이 부싯깃 통 같은 녀석 하나 면직시키니 기분 좋네. 그 녀석
도둑질은 온통 드러나고, 좀도둑질은 재주 없는 가수 같다니까.
박자를 못 맞춰. 25

님 1분 내에 훔치는 게 맞죠.

피스톨

현명한 사람들은 그걸 '운반 한다'고 하지. '훔치다'니? 흥!
무슨 개떡 같은 소리!

폴스타프 여보게들, 난 구두 뒤축이 다 닳아빠질 만큼 땡전 한 푼 없네.

피스톨 아 그러면, 뒤꿈치에 동상이 걸리게 놔두세요. 30

폴스타프 치료책이 없어. 사기 치며, 재치 있게 살아야 해.

피스톨 어린 까마귀들도 음식을 먹어야지요.

폴스타프 자네들 중 누구 이 마을에 포드라는 자를 알고 있나?

피스톨 제가 그를 알아요. 상당한 자산가지요.

폴스타프 나의 정직한 젊은이들아, 내 주변 일을 말해주마. 35

피스톨 허리 주변이야 2야드 하고 좀 더 되시죠.

폴스타프 지금 말장난 할 때가 아냐, 피스톨. ─ 내 허리둘레는 2야드이
지만, 지금은 허비에 관한 게 아니라 절약에 관한 거야. 간단히
말해, 나는 포드 부인하고 연애를 해볼 참이야. 그 여자에게서 바

---

19. 부모가 술에 취한 상태에서 임신이 되어 매너가 없다는 뜻.

람기가 보여. 말하는 거며, 손으로 신호를 보내고, 추파를 던지는 것으로 알 수 있지. 나는 그녀의 친근하고 상냥하게 구는 태도를 해석할 수 있어. 그리고 그녀의 행동 가운데 가장 이해하기 힘든 부분도 제대로 영어로 옮겨보면, '전 존 폴스타프 경의 여자랍니다.'라는 뜻이거든.

피스톨 그녀의 의중을 제대로 연구하셨군. 그녀의 정숙함을 영어로 욕망이라고 번역하셨으니.

님 닻이 깊듯이 뜻이 확고하시군. 이 농담이 통할까?

폴스타프 그런데, 들리는 얘기로는 그 여자가 남편 지갑에 전권을 행사한다는 거야. 그자가 천사가 그려진 금화를 한 군단 수만큼이나 갖고 있는데도 말이야.

피스톨 그럼 군단 수만큼 많은 악마를 접대하셔야죠!

힘내요, 돌격![20] 어서요.

님 유머가 느는 건, 좋은 일이야. 천사가 그려진 금화를 얻으려면 유머를 써먹어야지.

폴스타프 여기 내가 그 여자에게 편지를 한통 쓴 것이 있네. 그리고 여기 페이지 부인에게 보낼 편지가 또 하나 있고. 그 여자도 방금 내게 눈길을 보냈는데, 내 몸 구석구석을 의미심장한 표정을 띠고 훑어보았다네. 때때로 그녀의 눈 광선이 내 발에, 때로는 내 뚱뚱한 배에 비춰댔거든.

피스톨 그러면 똥 더미 위에 태양이 비춘 거군 그래.

---

20. 사냥할 때 사용하는 격려의 외침으로 'To her, boy!'는 '힘내요, 돌격' 정도로 번역할 수 있다.

님 그 농담을 해주어서 고마워.

폴스타프 아, 그 여자가 어찌나 탐욕스런 의도를 갖고 내 몸을 훑어보던
지, 그녀 눈의 욕구가 불타는 거울처럼 내 몸을 태워버릴 것 같았
어! 이게 그녀에게 보내는 또 하나의 편지야. 그녀도 역시 돈지갑
을 쥐고 있어. 그녀는 황금과 돈이 넘치는 기아나[21] 지역이라니까. 65
난 그 두 여자의 재산 징수관이 될 것이고, 그 두 여자는 내 금고
가 될 것이야. 그들은 내게 동인도와 서인도[22]가 될 거고, 나는 양
쪽과 거래를 할 거야. (님에게) 자, 이 편지를 페이지 부인에게 가
져가게. (피스톨에게) 그리고 자네는 이것을 포드 부인에게 가져가
고. — 우린 부자가 될 거야. 여보게들, 우린 부자가 될 거라고. 70

피스톨

나보고 트로이의 판다로스[23]처럼, 옆구리에 칼 차고서
뚜쟁이 노릇이나 하라고? 그렇담 악마에게나 두 가지 다 하라고
하시지.

님 전 저급한 유머에는 관여 안 할래요. 자, 그 유머-편지는 가져가
세요. — 저는 명예는 지켜서 행동할 참입니다.

폴스타프 (로빈에게)

애야, 네가 받아라. 이 편지들을 신속하게 전달해줘. 75
내 나룻배를 이 금빛 해안가로 항해하여 가라고. —

---

21. 1596년에 월터 롤리(Sir Walter Ralegh)는 엘도라도를 찾아 남아메리카 식민지로
의 탐험을 기술한 *The Discovery of Guiana*를 출판하였다.
22. 영국 무역의 가장 풍부한 자원은 동인도의 향료와 서인도의 광석이었다.
23. 뚜쟁이(pander)란 단어는 초서(Chaucer)의 *Troilus and Criseyde*에서 Cressida의 아저
씨이며, 중개자 역할을 하는 Pandarus의 이름에서 나왔다.

너 두 악당 놈들은 당장 꺼져, 꺼지라고! 우박처럼 사라지라고! 어서!
터덜터덜 걸어서, 험한 길로 터벅터벅 사라지라고. 숨을 데를 찾아
서, 꺼져!
이 폴스타프도 이 시대의 유머를 배워야겠어.
프랑스식 근검절약이다, 이 악당 놈들아. ― 나하고 스커트 입은
시동만 있으면 돼! (폴스타프와 로빈 퇴장)

피스톨

독수리한테 네놈 내장이나 파 먹혀라! 부정한 주사위를 던져서
이기고,
부자 놈들 가난한 놈들 할 것 없이 속여먹다니.
네 놈 주머니는 비어도 내 주머니엔 6펜스가 남게 될 거다.
비열한 프리지아 터키[24] 놈 같으니라고!

님 내게 계획이 있어
내 머릿속에, 재미있는 복수를 실행할.

피스톨 자네가 복수하려고?

님 하늘과 별에 걸고서 해야지!

피스톨

기지를 발휘해서, 아니면 칼로?

님 양쪽 다. 내 기지와 포드의 칼을 써야지.
내가 그 녀석 사랑의 유머를 포드에게 알려야지.

---

24. 프리지아(Phrygia)는 터키의 서부 지역이며, 터키인은 불충한 사람을 가리키는 경
멸적 표현으로 사용되었다.

피스톨   나 역시도 페이지에게 알려야겠어.

         악당 기사 폴스타프가 어떻게,

         그의 부인을 시험하여, 돈을 가로채고,

         그의 푹신한 침대를 더럽히려고 하는지 말이야.   95

님   내 결심은 식지 않을 거야. 포드에게 독을 쓰게 해야지. 그자가

         질투심에 사로잡히게 해야지. 나도 모반하면 위험할 정도로 하니

         까. 그게 내 진정한 유머야.

피스톨   자네가 불평의 전쟁 신 마르스 역을 하게, 난 자네 다음 두 번째

         직책을 할게. ― 앞으로 갓!   (퇴장)   100

4장

퀴클리 부인과 심플 등장

퀴클리 부인　이거 봐, 존 럭비!

럭비 등장

여닫이창으로 가서 우리 주인, 카이어스 의사 선생님이 오시는지
좀 봐줘요. 그분이 오셔서, 참말이지 집안에 누가 있는 걸 보기라
도 하면, 여기에서 표준영어[25]를 망가뜨려가면서 하나님의 인내
5　심을 망칠만큼 욕을 하겠지.

럭비　제가 가서 지켜볼게요.

퀴클리 부인　가 봐요. 우유 섞은 술 같이 한잔하자고, 곧 밤이 되면, 참말
이지, 질 좋은 바다석탄이 다 타서 끝나갈 무렵에. (럭비 퇴장) 집안
에 들어온 하인 중에 저 사람은 아주 정직하고, 자진해서 일을 처
10　리하고, 친절한 하인이죠. 그리고 장담컨대, 남의 말을 하거나 이
간질도 안하는 사람이에요. 최악의 결점이라면 기도에 너무 빠진
건데, 그가 그렇게 좀 어리석은 데가 있지요. 하지만 결점 없는
사람은 없는 법이니, 그건 넘어가야죠. — 당신 이름이 피터 심플
이라고 했죠?

15　**심플**　그렇습니다. 더 나은 이름이 없어서요.

---

25. King's English는 표준영어로 여기서는 당시 엘리자베스 여왕 시대에 사용된 영어.

퀴클리 부인 그리고 슬렌더 씨가 당신 주인이지요?

심플 예, 그렇습니다.

퀴클리 부인 장갑 장수의 칼처럼 생긴, 둥근 모양의 턱수염이 많이 난 분 아니던가요?

심플 아녜요, 정말, 그분은 얼굴이 작고, 자그만 노란 턱수염, 붉은 빛 [20] 이 도는 노란 가인 색깔[26] 수염을 달고 있어요.

퀴클리 부인 성격이 온순하시죠, 안 그래요?

심플 정말, 그렇지요. 하지만 여기 저하고 그분 사이에 계신 어떤 분 못지않게 용감한 싸움꾼이죠. 가축 관리인하고 싸운 적도 있어요.

퀴클리 부인 그래요? ─ 아, 그분 생각나네. 머리를 쳐들고, 말하자면, [25] 점잔빼며 걷지 않나요?

심플 맞아요, 정말로, 그렇게 걸으시죠.

퀴클리 부인 그렇담, 하늘이 앤 페이지 양에게 더없는 행운을 보내주시 네요. 에번스 목사님께 내가 당신 주인을 위해 할 수 있는 일을 다 하겠다고 말해줘요. 앤은 좋은 아가씨고, 내가 원하는 건 ─ [30]

럭비 등장

럭비 아이고 이런! 주인님이 오시네!　　　　　　　　　(퇴장)

퀴클리 부인 우리 모두 야단맞겠네. 이리로 뛰어 들어와요, 젊은이. 이 벽장 안으로 들어가요. ─ 저 양반 오래 머물지는 않을 거요.

　　　　　　　　　　　　　　　　　　　(심플이 벽장 안으로 들어간다.)

---

26. 그림에 나타나는 가인(Cain)이나 유다(Juda)의 머리 색깔인 붉은 노랑(Reddish yellow) 색이다.

이봐요, 존 럭비! 존! 뭐해요, 존! 가서 우리 주인님이 어디 계신
지 알아봐줘요. 몸이 안 좋으신가 봐. 집에 안 오시는 걸 보니.

(노래한다.) 다운, 다운, 어 다운 어, 등등

카이어스 의사 등장

카이어스 대체 당신 무슨 노래를 부르는 거요? 난 그런 이상한 노래는
싫어. 자네 가서 내 벽장에서 '응 부아띵 베르'[27] 좀 가져와. ―
상자 말이야, 작은 녹색 상자. 내 말 알아듣겠어? 작은 녹색 상자
라고.

퀴클리 부인 예, 물론, 가져다 드리죠. (방백) 저 양반이 직접 가지 않아서
정말 다행이야. 그 젊은이를 봤다면 아마 화난 황소처럼 미쳤을
거야.

카이어스 아고고고! 정말 날씨가 덥군, 더워! 궁궐에 가야겠는데. 한바탕
소동이 나는 걸 봐야 하니까.

퀴클리 부인 이건가요, 선생님?

카이어스 맞아. 내 주머니에 넣어줘. 빨리. 럭비는 어디 갔나?

퀴클리 부인 이봐요, 존 럭비! 존!

럭비 등장

럭비 여기 대령했습니다, 선생님.

---

27. 불어로 작은 녹색 상자(a little green box)를 의미한다.

카이어스 네가 존 럭비, 바로 잭 럭비지. 어서, 네 칼을 갖고서 궁궐로 50
가는 내 뒤를 바짝 따라와.

럭비 준비 됐습니다, 선생님. 여기 현관에 와 있습니다.

카이어스 정말 너무 늦었군. 맙소사. 내가 뭘 잊었지? 내 벽장 안에 약초
로 만든 약이 있는데, 절대 두고 가선 안 되지.

퀴클리 부인 저런. 저 양반 저곳에 있는 젊은이를 발견하는 날에는, 미쳐 55
버릴 텐데!

케이어스 (심플을 끌어내며) 오 악마다, 악마! 내 벽장 속에 이게 뭐야? 악
당, 도둑이야! — 럭비, 내 칼 좀!

퀴클리 부인 착하신 주인님, 진정하세요.

카이어스 도대체 뭣 땜에 진정하라는 거요?   60

퀴클리 부인 저 젊은이는 정직한 사람이에요.

카이어스 정직한 사람이 내 벽장 안에서 무슨 짓을 하는 거야? 정직한
사람이라면 내 벽장에 들어갈 리가 없지.

퀴클리 부인 제발, 그렇게 화 좀 내지마시고, 사실 말씀을 들어보세요.
저 사람은 휴 목사님에게서, 제게 심부름을 왔어요.   65

카이어스 그래서?

심플 맞아요, 정말로, 이 여자 분에게 청이 있어서 —

퀴클리 부인 쉿, 제발 조용히 해요.

카이어스 당신 입이나 다물어요. (심플에게) 자네가 얘기해 봐.

심플 선생님의 가정부이신, 이 정직한 숙녀에게 청하여, 저의 주인님 70
이 앤 페이지 양하고 결혼할 수 있도록 좋게 말해 달라고 부탁하
려고 왔어요.

퀴클리 부인 이게 전부입니다, 참말로! 하지만 전 불 속에 제 손가락을 안 집어넣겠어요.[28] 그럴 필요가 없으니까요.

75 **카이어스** 휴 목사가 자네를 보냈다고? 럭비, 종이 좀 가져와. ─ 당신은 잠깐 기다려.   (글씨를 쓴다.)

퀴클리 부인 (심플에게 방백) 오늘은 저 양반이 조용해서 다행이에요. 저분 이 몹시 화가 나면, 소리 지르고 난리쳤을 텐데. 하지만, 그래도, 이봐요, 당신 주인을 위해서는 내가 할 수 있는 일을 해 드리죠.
80 사실을 말하자면, 나의 주인이신 프랑스인 의사 선생님은 ─ 내 가 나의 주인이라 불러도 되지. ─ 아시겠지만, 내가 그분 집을 관리하거든요. 설거지, 빨래, 차 끓이기, 빵 만들기, 청소, 고기와 술 차리기, 잠자리 준비 이 모든 걸 나 혼자 한단 말이에요. ─

심플 (퀴클리 부인에게 방백) 한 사람의 손으로 감당하기는 큰 업무군요.

85 **퀴클리 부인** (심플에게 방백) 당신도 아시겠죠? 엄청난 업무라는 거. 그러니 일찍 일어나고 늦게 자죠. 하지만, 그럼에도 ─ 당신 귀에다만 말 해주는데, 이 말은 해본 적이 없거든 ─ 우리 주인 나리께서는 앤 페이지 양에게 반해 있어요. 하지만, 그럼에도 난 앤의 마음을 알지요. ─ 이쪽도 저쪽도 아니야.

90 **카이어스** 여, 원숭이, 이 편지를 휴 목사에게 전해 줘. 맹세코, 이건 도전 장이야. 내가 공원에서 그자의 목을 자를 거야. 그 비열한 원숭이 목사가 간섭하고 나서면 어찌되는지 가르쳐줄 거야. ─ 어서 가 봐. 여기서 꾸물대면 좋지 않아. 맹세컨대, 그자는 개에게 던져줄 불알 하나도 못 갖게 될 거야.   (심플 퇴장)

───────────────

28. '쓸데없는 일에 참견하지 않겠어요.'라는 의미이다.

퀴클리 부인 아, 이를 어째, 목사님은 친구를 위해서 말씀하신 것뿐인데. 95

카이어스 그건 상관없어. 내가 앤 페이지를 차지할 거라고 당신이 내게

　　　말하지 않았소? 맹세코, 내가 그 원숭이 목사 죽이고 말 거야. 내

　　　가 가터 여관 주인보고 내 무기를 검사하도록 임명했어. 결단코,

　　　내가 앤 페이지를 차지하고 말 거야.

퀴클리 부인 선생님, 그 처녀는 당신을 사랑해요. 그러니 만사가 잘 될 100

　　　거예요. 사람들이 씨부렁대는 건 그냥 둬야죠, 젠장!

카이어스 럭비, 나하고 궁궐에 가자. (퀴클리 부인에게) 맹세코, 내가 앤 페

　　　이지를 차지하지 못하면, 당신을 내 집에서 내쫓을 거야. ― 럭

　　　비, 내 뒤를 따라 와. 　　　　　　　　　　　　　　(럭비와 함께 퇴장)

퀴클리 부인 당신이 앤을 차지하게 될 ― 멍텅구리 같으니라고. 안 되 105

　　　지. 내가 저 양반에 대한 앤의 마음을 알고 있거든. 윈저에 있는

　　　어떤 여자도 나보다 더, 내가 앤의 마음을 알고 있는 것보다 더

　　　많이 알지는 못하지, 하나님께 감사하게도.

펜튼 (안에서) 안에 누구 계십니까, 이봐요?

퀴클리 부인 누구신가요? 제발, 집안으로 들어오시겠어요. 110

펜튼 등장

펜튼 잘 지내시죠, 선량한 부인?

퀴클리 부인 당신이 물으시니 그만큼 더 좋지요.

펜튼 무슨 소식이라도 있나요? 어여쁜 앤 양은 잘 지내고 있나요?

퀴클리 부인 정말이지, 선생님, 그녀는 예쁘고, 정숙하고, 얌전하고, 당신

　　　의 친구지요. ― 그렇게 말씀드릴 수 있어요. 그 점에 대해 하늘 115

에 감사드리죠.

펜튼　제가 잘 할 거라고 생각하시나요? 청혼을 거절당하지는 않을까요?

퀴클리 부인　진실로요, 선생님. 만사는 위에 계신 하나님 손에 달렸어요.

하지만 그럼에도, 펜튼 씨, 성서에 맹세코 그녀는 당신을 사랑해

120　요. 당신은 눈 위에 사마귀를 갖고 있지 않나요?

펜튼　그래요, 정말로, 갖고 있지요. 그게 어때서요?

퀴클리 부인　글쎄, 거기에는 연유가 있어요. 정말이지, 낸[29]은 훌륭한 사람

이에요 ─ 하지만, 내 단언컨대, 그녀는 내가 식사해본 사람 중에

제일 정숙한 처녀지요. 우리는 그 사마귀에 대해 한 시간이나 대

125　화를 했어요. 그 아가씨하고 같이 있지 않으면 그렇게 웃을 일이

없어요. 하지만, 정말로, 그녀는 지나치게 우울해져 생각에 잠기기

도 하지요. 하지만 당신에 대해선 ─ 글쎄 ─ 이 정도로 해두죠.

펜튼　그럼, 오늘 그녀를 만나야겠어요. 받으세요. 여기 돈이 있어요. 저

를 위해 말 좀 잘해 주세요. 저보다 먼저 그녀를 만나거든, 안부

130　전해줘요 ─

퀴클리 부인　그럴까요? 우리 꼭 그렇게 해요. 우리가 다음번에 이야기를

할 때는 사마귀 얘기와, 그리고 다른 구혼자들 얘기도 더 해드릴

게요.

펜튼　그럼, 잘 있어요. 저는 지금 빨리 서둘러야겠어요.

135　**퀴클리 부인**　안녕히 가세요. (펜튼 퇴장) 정말로, 정직한 신사 분이야 ─

하지만 앤은 저이를 사랑하지 않아. 누구 못지않게 내가 그녀의

마음을 알고 있거든 ─ 이를 어째, 깜박 잊었잖아? (퇴장)

---

29. 낸(Nan)은 앤(Anne)에 대한 애칭.

2막

1장

편지를 읽으면서 페이지 부인 등장

페이지 부인 내 참, 한창 아리땁던 전성기에도 연애편지를 못 받아 봤는
데, 이제야 연애편지의 대상이 되다니? 어디 한번 보자.

(읽는다.) 내가 왜 그대를 사랑하는지 이유는 묻지 마시오. 사랑은
이성을 청교도적인 안내자 정도로 사용할 뿐, 조언자로 받아들이
진 않소. 당신은 젊지 않고 나도 더 이상 젊지 않소. 자, 그러니
통하는 바가 있지요. 당신은 명랑한 성격이고 나 또한 그러하니,
하, 하, 더욱 더 통하는 데가 있지요. 당신은 스페인산 포도주를
좋아하고, 나도 좋아하오. 이보다 더 통하길 바랄 수 있겠소? 페
이지 부인, 적어도 군인의 사랑이 그대를 만족시킬 수 있다면, 내
가 그대를 사랑하는 것에 만족하길 바라오. '나를 동정해 달라'고
말하지는 않겠소. ─ 그것은 군인다운 말이 아니니까 ─ 하지만,
'나를 사랑해 달라'고 말하는 바이오.

    그대의 진실한 기사인 나 자신, 낮이나 밤이나,
    혹은 어떤 빛이 비추건 간에, 온 힘을 다하여,
    그대를 위해 싸우는.   존 폴스타프로부터

이건 유대 허풍쟁이 헤롯왕[30] 같은 놈이잖아? 오 사악하고, 사악

한 세상이로다! 나이가 들어 낡아 빠진 헝겊조각 같은 놈이 저 자신을 젊은 멋쟁이로 보이려 수작을 부리다니! 이 플랑드르 술주정뱅이 같은 놈이 어찌 내 행동에서 말도 안 되는 짓거리를 찾아내고 — 악마의 도움을 받아 — 감히 나에게 이런 식으로 접근한 20 단 말이냐? 아니, 나랑 어울린 것도 세 번이 안 되는데! 내가 그 자식에게 말한 게 뭐였지? 지나치게 쾌활한 것도 삼갔는데 — 하나님 용서하소서! — 정말이지, 남자를 억압할 법안을 의회에 제출해야겠어. 이 자식에게 어떻게 복수를 할까? 그 자식 내장이 순대로 되어있는 것처럼, 확실하게 복수를 해줄 거야. 25

포드 부인 등장

포드 부인 페이지 부인, 내 말을 믿어요, 나 지금 당신 집으로 가려던 참이에요.

페이지 부인 그래요, 저도 정말로, 당신에게 가는 길이었어요. 당신 안색이 아주 안 좋아요.

포드 부인 아니, 그 말은 믿지 않겠어요. 그 반대를 보여드리죠. 30

페이지 부인 정말이지, 내가 보기에는 안색이 안 좋아요.

포드 부인 글쎄요. 그렇다면, 안 좋은 거겠죠. 하지만, 제 말은 그 반대라니까요. 오, 페이지 부인, 저에게 조언 좀 해줘요!

페이지 부인 무슨 일이에요, 부인?

---

30. 신비극에 나오는 인물로 '허풍 치는 악당'을 가리킴. 죄 없는 사람들을 죽인 Herod the Great와, John the Baptist를 참수한 그의 아들 Herod the Tetrarch는 흔히 혼동되며, 둘 다 Herod of Jewry로 지칭된다.

포드 부인 오, 부인, 한 가지 사소한 문제만 없다면, 내가 대단히 명예로
35
운 자리에 오를 수도 있다니까요!

페이지 부인 부인, 사소한 건 집어치우고, 명예를 취하세요. 그게 뭐죠?
사소한 것만 없다면 이라니, 그게 뭐죠?

포드 부인 영원히 지옥에 가기만 한다면, 내가 기사작위를 얻을 수도 있
40
어요.

페이지 부인 뭐라고요? 거짓말이겠지! 엘리스 포드 경이라고? 이런 기사
들이란 문란해지기 쉬우니까, 당신은 사회적 신분 계급을 바꾸지
말아요.

포드 부인 우리 시간 낭비 그만하고. 여기를 읽어봐요, 읽어보시구려. 내
45
가 어떻게 기사가 될 건지 알게 될 테니. 내가 남자의 몸매를 구
별할 줄 아는 눈이 있는 한, 난 뚱보들은 싫어요. 하지만 그는 욕
도 안하고, 여자들의 정숙함을 칭찬하고, 모든 부적절한 행동에
대해 조리 있고 예의바르게 꾸짖는 고로, 전 그의 기질이 그의 말
의 진실성과 일치할 거라 생각했어요. 하지만 100편의 찬송가가
50
사랑노래[31] 가락과 맞는 것보다도, 일치하거나 맞지를 않아요. 웬
태풍이 뱃속에 수많은 기름통이 가득 찬 이 고래 한 마리를 윈저
해변에 던져놓은 걸까요? 그자에게 어떻게 복수를 할까요? 내 생
각에 제일 좋은 방법은 사악한 욕망의 불꽃이 그놈의 기름 속에
서 그놈을 녹일 때까지 희망을 갖게 만들어 농락하는 거예요. 이
55
런 얘기를 들어본 적이 있나요?

페이지 부인 글자 한 자 안 틀리고, 페이지하고 포드 이름만 다르군요!

---

31. 푸른 소매(Greensleeves)는 1850년대에 인기 있던 사랑노래이다.

당신이 나쁜 소문나는 걸 걱정 안 해도 되는 것이, 여기 당신 것과 똑같은 쌍둥이 편지가 있어요. 당신 편지가 첫째인 걸로 해요. 내 것이 첫째가 되는 건 싫으니까. 장담컨대 그자는 이런 편지를 천통은 썼을 거요. 다른 이름 쓰려고 이름 자리는 비워놓고서 — 분명, 그 이상이야. 이 편지들은 제2판이에요. 틀림없이 인쇄를 할 거요. 그자가 우리 둘을 밀어 넣는 걸 보면, 그자는 인쇄기에 뭐든지 개의치 않고 밀어 넣을 거요. 난 차라리 펠리온 산 밑에 깔린 여자 거인이 되는 편이 낫겠어요. 참말이지, 단정한 남자 하나 찾으려면, 음탕한 멧비둘기[32] 스무 마리를 찾아봐야 하는 세상이라니까. 60 65

포드 부인 이런, 이건 정말 똑같군. — 필체와 문구까지! 이 작자가 도대체 우릴 뭐로 보는 거야?

페이지 부인 나도 모르겠어요. 이렇게 되니 내 자신이 정숙한지 의구심을 갖게 된다니까요. 내가 전혀 모르는 사람처럼 나 자신을 대접해야겠어. 틀림없이, 그 자식이 나도 모르는 내 자신의 어떤 성향을 알아낸 게 아니라면, 이렇게 분노에 차있는 배와 같은 나를 올라타려고 하진 않았을 거요. 70

포드 부인 '올라탄다고' 하셨나요? 난 절대 그자가 갑판 위로 못 올라오게 할 거예요. 75

페이지 부인 나도 그럴 거예요. 그자가 내 배 승강구 밑으로 오면, 난 바다에 다시는 안 나가겠어요. 그자에게 복수를 해줍시다. 그자에게 만나기로 약속하고, 그자의 구애를 들어주는 척하고, 그자를

---

32. 멧비둘기(turtle-doves)는 충직함을 상징한다.

유혹하는 낚싯밥으로 질질 끌어, 가터 여관 주인에게 그의 말들을 저당 잡히게 만듭시다.

포드 부인 글쎄요, 저는 우리의 정절만 손상되지 않는다면, 그자를 혼내주는 일은 어떤 악행이라도 찬성할 거예요. 오, 내 남편이 이 편지를 본다면! 그의 질투심에 영원한 음식물을 제공하게 될 텐데.

포드가 피스톨과, 페이지가 님과 함께 등장

페이지 부인 이런, 댁 남편이 오는 걸 봐요. 그리고 우리 집 양반도 오네.
— 저 양반은 질투와는 거리가 멀어요. 내가 그에게 원인을 제공하지도 않지만요. 바라건대, 질투는 잴 수 없을 만큼 멀리 있었으면 좋겠어요.

포드 부인 당신은 참 행복한 여자예요.

페이지 부인 이 기름덩어리 기사 놈을 혼내줄 것을 같이 상의합시다. 이
리 좀 와 봐요.　　　　　　　　　　　　　　　　(두 사람 물러난다.)

포드 글쎄, 설마 그럴 리가.

피스톨 설마가 사람 잡아요.[33]

존 경이 당신 부인을 노리고 있어요.

포드 아니, 이보시오. 우리 마누라는 젊지가 않소.

피스톨 그자는 신분이 높건 낮건, 부자건 가난하건,

---

33. '어떤 일에서는 희망이란 꼬리 짧은 개예요'라는 뜻의 원문은 희망이 쳇바퀴에서 달리도록 훈련받은 개로 만들 수 있다는 의미이다. 여기서는 희망이란 것이 그에 반하는 운명에 처하게 할 수 있다는 의미로 사용되었으므로, '설마가 사람 잡아요'로 번역 가능하다.

젊었건, 늙었건, 이것저것 가리지 않고 구애를 하거든요, 포드 씨.

잡탕을 좋아한다니까. 포드 씨, 잘 생각해보시라니까요.

포드 내 아내를 사랑한다고?

피스톨   간장이 뜨겁게 타올라 있어요.

대비하세요. 안 그러면, 자신의 사냥개 링우드에 쫓겨 물려죽은,   100

오쟁이 진 액티온 경[34]처럼 될 거요.

아, 그 이름 가증스럽소!

포드 무슨 이름이요?

피스톨 뿔 말이에요, 오쟁이 진 남자. 잘 있어요.

조심하시오, 눈을 크게 뜨고, 도둑놈은 밤에 돌아다니니까.   105

조심하시오, 여름이 오기 전까지는, 안 그러면 뻐꾸기가 노래한

다니까. ─

가세, 님 상병! ─ 님이 한 말을 믿으시오, 페이지 씨. 그는 허튼

소리 안하거든요.   (퇴장)

포드 (방백) 인내심을 갖고, 증거를 찾아야지.

님 (페이지에게) 그리고 이건 사실이요. 전 거짓말하는 유머를 싫어하

거든요. 그자는 얼마간의 유머로 절 모욕했어요. 제가 당신 부인   110

에게 그 유머의 편지를 전달할 뻔 했어요. 하지만 전 칼을 갖고

있으니까, 필요할 때는 목표물을 내리쳐야죠. 그자는 당신 부인

을 사랑하고 있어요. 그게 요점이오. 내 이름은 님 상병이오. 단

---

34. 사냥꾼 액티온(Actaeon)은 다이아나(Diana)와 요정들이 목욕하는 장면을 훔쳐보다
    가 벌을 받아 수사슴으로 변하여 자신의 사냥개에게 물어 뜯겨 죽는다. 그의 뿔 때
    문에 오쟁이 진 남편의 상징으로 간주된다.

언컨대 그건 사실이오. 내 이름이 넘이듯이 폴스타프는 당신 부인을 사랑하고 있어요. 잘 있어요. 전 치즈 빵 유머[35]는 싫어해요. 잘 있어요.

페이지 그것에 대한 '유머'라고 했겠다! 영어가 깜작 놀라 혼비백산 시킬 자가 여기 있군 그래!

포드 (방백) 난 폴스타프를 찾아야겠어.

페이지 (방백) 그렇게 말이 느리고 체하는 놈의 말은 처음 들어봤군.

포드 (방백) 과연 그게 사실로 드러난다면 — 글쎄.

페이지 (방백) 교구 목사가 아무리 진실한 자라고 칭찬하더라도, 저 허풍 떠는 중국 놈 같은 자식 말은 안 믿을 테야.

포드 (방백) 상당히 분별 있는 친구였는데 — 가만있자.

페이지 부인과 포드 부인이 앞으로 나온다.

페이지 아니 어쩐 일이요, 메그?

페이지 부인 어디 가세요, 조지? 내 말 좀 들어봐요.

포드 부인 어쩐 일이세요, 프랭크, 당신 왜 우울해요?

포드 내가 우울하다고? 난 전혀 우울하지 않소. 어서 집으로 가요, 가라고.

포드 부인 틀림없이, 당신 머릿속에 지금 이상한 생각을 하고 있죠? — 페이지 부인, 가실까요?

페이지 부인 갈게요. 조지, 저녁은 드시러 오실 거죠? (포드 부인에게 방백)

---

35. 자신은 최소한도의 생필품인 치즈 빵 이상의 것을 원한다는 뜻이다.

저기 오고 있는 사람 좀 봐요. 이 형편없는 기사 놈에게 저 여자를 우리의 심부름꾼으로 보냅시다.

포드 부인 (페이지 부인에게 방백) 사실, 저도 마침 그녀를 생각하고 있었어 135
요. 그녀가 그 일에 딱 맞아요.

퀴클리 부인 등장

페이지 부인 내 딸 앤 보러 오셨나요?

퀴클리 부인 예, 그렇습니다. 앤 아가씨는 잘 지내죠?

페이지 부인 우리하고 같이 들어가서 만나봐요. 우리도 한 시간가량 할
얘기도 있으니까. 140

페이지 부인, 포드 부인, 퀴클리 부인 퇴장

페이지 왜 그러시죠, 포드 씨?

포드 이 악당 놈이 내게 한 말을 들었지요, 안 그렇소?

페이지 들었지요, 다른 놈이 내게 한 말도 들으셨죠?

포드 그 작자들 말에 진실성이 있다고 생각해요?

페이지 교수형에 처할 노예 놈들 같으니라고! 그 기사 양반이 그런 일을 145
했다고는 생각지 않아요. 그가 우리 마누라들에게 마음이 있다고
고자질한 이놈들은 둘 다 그 기사에게서 쫓겨난 놈들이라고요.
해고당하니까 이제 악당처럼 구는 거요.

포드 그놈들이 그의 부하였다고요?

페이지 정말, 그렇다니까요. 150

포드 그렇다고 해도 더 나아질 건 없지. ― 그 기사는 가터 여관에서 묵는 답니까?

페이지 아, 그래요. 그렇다니까요. 그자가 내 마누라를 어찌 해볼 요량으로 접근을 시도한다면, 그자에게 마누라를 풀어놓을 수밖에. 그러면 그자야 내 마누라에게서 심한 욕이나 얻어먹겠지만 그거 말고 그 이상의 것을 얻게 된다면, 나는 그걸 내 머리에 달고 다녀야겠지.

포드 나는 마누라를 의심하는 건 아니지만, 그렇다고 둘이 같이 있게 놔두는 건 싫소. 남자들은 너무 자신만만해. 난 머리에 아무것도 달고 다니고 싶진 않소. 이 상태로 만족하고 놔둘 수는 없지.

가터 여관 주인 등장

페이지 저기 고함 잘 지르는 가터 여관 주인이 오는 걸 좀 봐요. 머리에 술이 들었든지 지갑에 돈이 들었든지 한 모양이야. 저렇게 명랑한 표정인 걸 보니. ― 어떠신가, 주인 양반?

여관 주인 아니, 멋쟁이 양반 아니시오? 당신은 또 신사 양반이시고. ― 아이고 용감한 판사 양반 아니오!

샐로우 등장

샐로우 내 따라가겠네. 주인 양반. 따라가지. 안녕하시오. 스무 번이나 안녕하시오. 착한 페이지 씨! 페이지 씨, 우리와 같이 가겠소? 곧 재미있는 일이 벌어질 텐데.

여관 주인 그에게 말해줘요, 판사 나리. 멋쟁이 양반, 말해줘요!

샬로우 이봐요, 웨일즈인 목사 휴 선생하고 프랑스인 카이어스 의사하고   170
결투가 있을 거요.

포드 착한 가터 여관 주인, 내 당신과 할 말이 있소.

여관 주인 무슨 말이시오, 멋쟁이 양반?

포드는 여관 주인을 한옆으로 데려가서 말한다.

샬로우 결투를 보러 우리와 함께 가시겠소? 유쾌한 여관 주인장께서 두
사람 무기를 검사했고, 두 사람에게 별도의 다른 장소를 지정해   175
준 것 같소. 왜냐면 그 목사, 정말로, 농담할 사람이 아니거든. 들
어봐요. 우리 구경거리가 어찌될지 말해주리다.

샬로우와 페이지는 한옆에 떨어져서 말하고, 포드와 여관 주인이 앞으로 나온다.

여관 주인 우리 여관 손님인 그 기사 양반에게 소송을 걸지는 않으셨겠
죠?

포드 그런 건 없소, 절대로. 하지만 내가 데운 포도주 한 잔 대접할 테   180
니 그자 좀 만나게 해주시오 ─ 내 이름을 그자에게 브룩이라 말
하시오, 그저 장난으로.

여관 주인 그럽시다, 대장 나리. 당신은 맘대로 들어오고 나갈 권리를 갖
게 되신다 이 말씀이고 ─ 내 말이 맞죠? ─ 그리고 그대 이름은
브룩으로 하고. 그분은 명랑한 기사예요. (모두에게) 자 가실까요,   185
신사 여러분?

샐로우 나도 가리다, 여관 주인 양반.

페이지 듣자하니 프랑스 사람은 칼 다루는 솜씨가 대단하다던데.

샐로우 쯧쯧, 선생. 내가 좀 더 말씀드리리다. 요즘에는 결투에서 거리라
든가 ─ 찌르기나 밀어 찌르기, 그런 것들이 중요한 문제지요. 하
지만 페이지 씨, 문제는 마음이요, 바로 여기, 여기에 있는 것 말
이오. 나도 한때는 내 장검으로 당신처럼 키 큰 놈 네 명쯤은 쥐
새끼 모양 팔짝 뛰게 만들 수 있었소.

여관 주인 자, 여러분, 자, 자! 가실까요?

페이지 당신과 가겠소. 그들이 결투하는 것보다 서로 욕하는 걸 보는 게
낫겠는데.   (여관 주인, 샐로우, 페이지 퇴장)

포드 페이지는 바보라서 제 마누라 바람기도 철석같이 믿고 안심하고
있지만, 나는 그리 쉽게 내 의견을 접을 수야 없지. 내 마누라가
페이지 집에서 그자와 같이 어울렸다지. 거기서 무슨 짓을 했는
지는 모르지. 글쎄, 좀 더 조사해봐야겠어. 변장을 해서 폴스타프
를 떠보는 거야. 마누라가 정숙하다면 헛수고는 아니겠지. 마누
라가 정숙하지 않다면야, 제대로 수고를 한 것이지.

2장

폴스타프와 피스톨 등장

폴스타프   자네에겐 땡전 한 푼 못 빌려줘.

피스톨

아니, 그렇다면 세상은 저의 굴 딱지니,

그걸 칼로 열 수밖에요.

폴스타프   한 푼도 안 돼. 이봐, 난 자네가 내 명성을 저당 잡혀 이용하는

걸 참아왔어. 자네하고 자네 짝 님 녀석의 형 집행을 막으려고 세   5

번이나 내 선량한 친구들에게 폐를 끼쳤어. 내가 그렇게 안했으

면, 너희들은 한 쌍의 원숭이 모양으로 교도소에 갇혀 창살 틈으

로 밖을 내다봤겠지. 내가 내 친구인 신사들에게 자네들이 훌륭

한 군인이자 용감한 자들이라고 맹세를 했으니 난 저주받아 지옥

에 가게될 거야. 게다가 브리지트 부인이 부채 손잡이를 잃어버   10

렸을 때도, 난 네가 가져간 게 아니라고 내 명예를 걸고 맹세를

했었지.

피스톨   나리도 한몫 챙기시지 않으셨나요? 15펜스 받으셨잖아요?

폴스타프   그야 당연한 거지. 이 악당 놈아. 당연하고말고. 그래 너는 내

가 공짜로 내 영혼을 위험에 빠뜨릴 거라고 생각하는 거냐? 간단   15

히 말하겠는데, 더 이상 내 주위에서 얼쩡대지 마. 난 네 교수대

가 아니야. 가라고 ─ 사람 많이 모인 데서 단도로 소매치기나

하라고 — 픽트해치[36]에 있는 네 거처로, 가버리라고! 네놈이 내
편지를 전달할 수 없다고, 이 악당아? 네가 명예를 중시한다고?
이런 한량없이 저급한 놈 같으니. 나도 명예의 조건을 정확히 지
키자면 최선을 다해야 할 판이야. 그래, 나, 바로 나도 때로는 하
늘에 대한 두려움을 왼손에 치워두고 필요에 따라 명예를 감춘단
말이야. 기꺼이 속이고, 기만하고, 훔친단 말이야. 그런데, 네깟
악당 놈이 네 누더기를 감추고, 들 고양이 같은 낯짝, 술집 말
투[37], 험한 거친 욕을 명예의 그늘에 감춘다고! 넌 안 돼! 넌!

피스톨 제가 항복할게요. 뭘 더 바라시겠어요?

로빈 등장

로빈 나리, 한 여자 분이 나리에게 드릴 말씀이 있다는데요.
폴스타스 들어오시라고 해.

퀴클리 부인 등장

퀴클리 부인 나리, 안녕하세요.
폴스타프 안녕하시오, 부인.

---

36. 피스톨의 거처를 저택(manor)으로 표현한 것은 아이러닉하게 사용된 것이며, 자구
    적으로는 '창으로 둘러싸인 반문으로 드나드는 집'을 가리킨다. 사람들의 주머니를
    터는 소매치기에 적합한 이름이자 동시에 당시 런던의 지저분한 지역에 대해서 흔
    히 일컫는 지역 명칭이었다.

37. 빨간 격자창 구절(red-lattice phrases)은 술집언어(ale house language)를 가리키는
    데, 술집은 창문이 유리대신 간판으로도 사용되는 빨간색 목재 창문으로 되어있다.

퀴클리 부인 죄송하지만, 부인은 아니에요.

폴스타프 그럼, 아가씨로군.

퀴클리 부인 맹세하건대, 제가 갓 태어났을 때 저의 어머니가 그랬던 것
처럼 저도 그래요.

폴스타프 그 맹세를 믿겠소이다. 그런데 내게 무슨 볼일이라도? 35

퀴클리 부인 나리에게 한두 마디 전해도 될까요?

폴스타프 2천 마디라도 좋소, 아름다운 부인. 기꺼이 그대에게 귀 기울
이리다.

퀴클리 부인 포드 부인이라고 있는데요, 나리 — 제발 이리 좀 가까이
와보세요 — 저는 카이어스 의사 댁에 살고 있어요 — 40

폴스타프 음, 계속해보시오. 포드 부인이라고 했지요. —

퀴클리 부인 나리가 하신 말이 사실이에요. — 제발 좀 더 이리로 가까
이 오시라니까요.

폴스타프 장담컨대, 아무도 듣는 사람이 없소. — 모두 내 부하들이야,
내 부하들. 45

퀴클리 부인 그래요? 하나님 그들을 축복해주시고, 이 분의 하인으로 삼
아주세요!

폴스타프 그런데, 포드 부인이 — 어떻다고?

퀴클리 부인 아유, 나리. 그녀는 좋은 사람이에요 — 하나님, 하나님 맙
소사, 나리는 바람둥이시네요! 글쎄, 제발, 하나님께서 나리와 우 50
리 모두를 용서해주시기를 —

폴스타프 어서, 포드 부인, 포드 부인 얘길 해봐요.

퀴클리 부인 저런, 요지는 이렇습니다. 나리께서 그녀를 들뜨게 해서 꼼

짝 못하게 만드셨어요. 궁궐이 윈저에 있을 때, 최고의 조신들도 그녀를 그렇게 하지는 못했거든요 ― 기사들, 귀족들, 그리고 신사들이 마차를 타고, 정말이지 ― 마차가 줄을 서고, 편지와 선물 공세가 이어졌어요. 온통 사향 향내가 가득하고, 정말로, 비단과 금장식이 어찌나 우아하게 나부끼는지, 그리고 최상의 달콤한 술이 어떤 여자의 마음이라도 사로잡을 만했죠. 하지만 내 장담컨대 그분들은 그녀의 눈길 한 번 받을 수 없었어요. 오늘 아침에 저에게 엔젤 금 동전을 20개나 준 사람이 있었어요. 하지만 이런 일에는, 사람들 말마따나 ― 전 돈도 마다하고, 정직한 방식으로만 하죠. 정말이지 최고로 자부심 강한 분조차도 그녀에게 잔에다 술 한 모금 마시게 할 수조차 없었어요. ― 백작도 있었고, ― 아니 그보다 훨씬 대단한 왕실 근위대 소속 신사들도 있었지만, ― 모두 다 그녀에겐 매한가지였어요.

폴스타프 그런데 그녀가 내게 뭐라고 말했소? 짧게 말해봐요, 착한 머큐리 여자 전령사님!

퀴클리 부인 아무렴요, 그녀는 당신 편지를 받았고, 그에 대해 천 번이나 고마워하고 있어요. 그리고 그녀의 남편이 열 시와 열한 시 사이에 집을 비울 거라고 알려달라고 하던데요.

폴스타프 열 시에서 열한 시 사이요.

퀴클리 부인 예, 확실해요. 그때 오셔서 당신이 잘 아시는 그림을 구경하시랍니다. 그녀의 남편인 포드 씨는 집에 없을 거요. 아침, 이렇게 상냥한 여인이 그런 사람하고 불행한 생활을 이어가다니 참 안됐어요. 그분은 질투쟁이라서 그녀가 그분과 사는 건 맞지 않아요. 참말이에요.

폴스타프 열 시에서 열한 시 사이라고. 이봐요, 그녀에게 내 말을 전해줘요. 꼭 가겠다고.

퀴클리 부인 그럼요, 그야 당연지사죠. 그런데 나리에게 전할 말씀이 또 80 있어요. 페이지 부인도 나리에게 마음으로부터 흠모의 정을 갖고 있어요. 나리에게만 살짝 말씀드리는데, 그녀는 정말 덕망 있고 예의 바르고 겸손한 분이에요 — 정말로 — 윈저에 있는 어느 누구보다도, 아침저녁 기도를 빼먹지 않는 분이에요. 그분이 저보고 나리에게 전하라고 하셨는데, 그분 남편이 집을 비우는 일은 85 드물지만, 때가 오기를 바라고 있대요. 전 어찌 그렇게 여자가 남자에게 반할 수 있는지 모르겠어요 — 틀림없이, 나리는 마력이 있나 봐요. 아, 정말 사실이에요.

폴스타프 장담하건대, 그렇지도 않아요. 외모 잘생긴 매력 빼고는, 다른 마력이라곤 없어요. 90

퀴클리 부인 정말 하늘의 축복이에요.

폴스타프 그런데 제발, 이걸 내게 말해주시오. 포드 부인하고 페이지 부인은 각자 나를 사랑하는지를 서로 알고 있소?

퀴클리 부인 오, 맙소사, 절대 몰라요. 그렇다면야 정말 우스운 꼴이겠지요! 저는 그분들이 그 정도로 경우가 없지 않기를 바라요. 그렇다 95 면 그건 정말 심한 속임수지요! 하지만 페이지 부인은 나리께서 그녀에게 사랑을 위해서 나리의 꼬마 시동을 보내주기를 바라고 있어요. 그녀의 남편은 그 꼬마 시동에게 커다란 애정을 갖고 있어요. 그리고 정말로 페이지 씨는 정직한 분이에요 — 윈저에서

어떤 부인도 그녀보다 더 잘 사는 사람은 없어요. 하고 싶은 거
다하고, 말하고 싶은 대로 다 말하고, 갖고 싶은 거 다 갖고, 사고
싶은 거 다 사고, 자고 싶을 때 맘대로 자고, 일어나고 싶을 때 맘
대로 일어나지요. 만사 그녀 맘먹는 대로 할 수 있죠. 참말로 그
녀는 그럴만한 자격도 있고요. 윈저에 친절한 부인이 하나 있다
면, 바로 그녀라니까요. 그녀에게 나리의 시동을 보내세요. 도리
가 없어요.

폴스타프 그럼, 보내야지.

퀴클리 부인 그게 아니라, 꼭 보내세요. 그리고 나리, 그 아이가 나리와
그녀 두 사람 사이를 오가게 하세요. 그리고 어쨌든 암호를 쓰세
요. 서로의 마음을 알 수 있도록. 그 아이는 어떤 것도 알 필요가
없어요. 아이들이 부정한 일을 알게 하는 건 안 좋아요. 아시다시
피 나이든 사람들은 분별력이 생겨서, 다들 말하는 것처럼, 세상
을 알게 되거든요.

폴스타프 잘 가요, 두 분에게 안부 전해줘요. 이 돈 받으시오. 나중에 후
사하리다. ― 얘야. 이 부인을 따라가거라. ― 이 소식을 들으니
들떠서 집중이 안 되네.　　　　　　　　　　(퀴클리 부인과 로빈 퇴장)

피스톨 저 갈보가 큐피드의 파수꾼 중 하나군 그래.
돛을 더 펼쳐라, 추격이다. 전투 군함용 보호막을 올려라.
발포하라! 저년은 내 전리품이다. 아니면 저들 모두를 대양이 덮
쳐버려라!　　　　　　　　　　　　　　　　　　　　　　(퇴장)

폴스타프 그렇다 이거지, 늙은 잭 나리? 네 갈 길을 가라고, 예전에 했던
것보다 네 늙은 몸뚱어리를 더 높이 평가해야겠는걸. 아직도 그

것들이 그대를 돌보겠다고? 그렇게도 많은 돈을 낭비한 후에야 이제는 네가 돈을 버는 자가 되겠다고? 착한 몸뚱어리야, 네가 고맙구나. 다들 떠들라고 그래. 일이 심하게 되었다고 ─ 일은 제대로 되었어, 무슨 상관이야.

바돌프 등장

바돌프 존 경. 아래쪽에 브룩 씨라는 분이 나리와 대화도 하고, 알고 지내고 싶다고 하네요. ─ 그리고 나리에게 아침술 한 부대를 보내왔어요.

폴스타프 그분 이름이 브룩이라고 그랬나? 130

바돌프 그렇습니다, 나리.

폴스타프 그분을 들어오시라고 하게. (바돌프 퇴장) 그 정도로 술이 넘치는 그런 브룩이라면 나야 환영이지. 아 하, 포드 부인하고 페이지 부인, 내가 그대들을 사로잡은 거지? 자 어서. 가자!

바돌프와 브룩으로 변장한 포드 등장

포드 신의 가호가 있으시길 빕니다, 나리. 135

폴스타프 그리고 당신에게도, 선생. 저와 얘기를 하시고 싶다고요?

포드 이렇게 준비도 없이 찾아뵈어, 실례했습니다.

폴스타프 천만에요. 용건이 무엇이죠? ─ 술통따개 양반, 우리 상관 말고 이제 그만 가보시지. (바돌프 퇴장)

포드 나리, 전 돈을 많이 날린 신사입니다. 이름은 브룩이고요. 140

폴스타프 훌륭한 브룩 씨, 당신과 더 친해지고 싶소.

포드 훌륭하신 존 경, 제가 부탁드립니다. 그렇다고 부담을 드리자는 건 아니고요. 왜냐면 제 생각에 돈을 빌려 줄 형편으로 보면 제가 나리보다 더 낫다는 점을 알려드려야 해서요. 그래서 제가 이렇게 느닷없이 찾아온 것입니다. 다들 말하듯이, 돈이 앞서가면 모든 길이 활짝 열린다고 하잖아요.

폴스타프 선생, 돈은 훌륭한 병사요. 돈은 계속해서 나아가지요.

포드 사실이죠, 여기 내게 돈주머니가 있는데 골칫거리네요. 존 경께서 그 돈을 운반하는 일을 도와주실 수 있다면, 전부 다 아니면 반이라도 가지세요. 운반하는 제 수고를 덜어주세요.

폴스타프 선생, 내가 당신 돈을 나르는 짐꾼이 될 자격이 있는지 모르겠소.

포드 말씀드리지요, 나리. 제 말을 들어주신다면.

폴스타프 말씀해보시오, 훌륭한 브룩 씨. 내 기꺼이 그대의 하인이 되겠소.

포드 나리, 저는 당신이 학자라고 들었습니다 ― 간단히 말씀드리자면 ― 저는 당신을 알게 된 지 오래되었습니다만, 저로서는 당신과 친하고 싶었지만 좋은 방책이 없었습니다. 한 가지 사실을 밝히지요. 그로인해 제 결점을 공개해야만 하겠지요. 하지만, 훌륭한 존 경, 당신의 한눈으로는 제 결점을 보시고, 제 결점이 말해지는 것을 들으면서, 다른 한 눈으로는 당신 자신의 어리석음 목록에 눈을 돌리십시오. 그래야 제가 질책하며 더 쉽게 넘길 테니까요. 당신 자신도 얼마나 쉽게 그런 잘못을 저지르게 되는지 아실 테니 말이에요.

폴스타프 좋아요, 선생, 계속 하시오.

포드 이 마을에 숙녀가 한 분 있는데, 그녀 남편 이름이 포드랍니다.

폴스타프 그래서요, 선생. 165

포드 저는 오랫동안 그 여자를 사랑했어요. 그리고 말씀드리건대, 그녀에게 돈도 엄청나게 썼어요. 홀딱 반해서 따라다녔지요. 그녀를 만날 기회를 엿보았고, 그녀를 잠깐이라도 볼 수 있는 경우라면 모두 돈을 지불했습니다. 그녀에게 줄 많은 선물을 샀을 뿐만 아니라, 그녀가 무슨 선물을 받고 싶어 하는지 알만한 많은 사람 170 들에게도 엄청나게 선물을 주었지요. 간단히 말해, 사랑이 저를 쫓듯이, 저는 그녀를 쫓았죠. 어떤 경우든지 날개를 단 상태였죠. 하지만, 마음으로나 돈으로나 아무리 써도, 보답으로 받은 건 아무것도 없었어요 ─ 엄청나게 비싸게 구매한, 그리고 내게 이렇게 말하라고 가르쳐준 보석 같은 경험 말고는 없어요. 175

　　사랑은 그림자처럼 달아난다. 돈이 사랑을 쫓아가면,
　　도망가면 쫓아오고, 쫓아가면 도망친다.

폴스타프 그녀에게서 만족할만한 약속을 받지 못하셨소?

포드 전혀 못 받았죠.

폴스타프 그럴 목적으로 그녀를 졸라본 적은 있소? 180

포드 전혀.

폴스타프 그렇다면, 당신의 사랑은 어떤 성질의 것이오?

포드 다른 사람의 땅에 지어진 멋진 집처럼, 내가 세운 장소를 착각해서 내 건물을 잃은 격이지요.

폴스타프 무슨 목적으로 이를 나에게 밝히는 거요?

포드 제가 당신에게 그 말씀을 드렸으니, 모든 걸 다 말씀드린 거예요. 사람들이 그러는데, 그녀가 나에게 정숙해 보이지만, 그녀에게는 사악한 면이 있어서 다른 장소에서는 마음껏 즐긴다는 거예요. 자, 존 경, 이제 제 목적의 핵심은 이겁니다. 당신은 훌륭한 가문 출신에다가, 뛰어난 언변을 갖춘 신사 분이십니다. 아무 곳에나 마음대로 드나들 만큼 인정도 받으시고, 지위나 인품에 있어서도 존경을 받으실 만하니, 전쟁에서건, 궁정에서건, 학계에서건 그 능력을 인정받는 분이시지요 ―

폴스타프 아, 선생!

포드 믿으세요. 당신도 아시잖아요. (주머니를 가리킨다.) 여기 돈이 있으니, 쓰세요. 쓰시라고요. 더 많이 쓰세요. 제가 가진 모든 걸 쓰세요. 그 대가로 당신의 많은 시간을 저에게 할애해주셔서 이 포드 부인을 유혹하고 정절을 빼앗아주세요. 당신의 구애 기술을 사용하시고, 당신에게 굴복하도록 손에 넣으세요. 누군가 할 수 있다면, 당신이야말로 그 누구 못지않게 속히 하실 수 있을 거요.

폴스타프 당신이 즐기고 싶은 여자를 내가 취한다면, 당신의 열렬한 애정하고는 맞는 거요? 내 생각에 당신은 자신에게 너무 터무니없이 처방을 내리고 있소.

포드 아, 저의 취지를 이해해 주세요. 그 여자는 탁월하게 정조에 대한 평판에 안전하게 들어앉아 있어서 내 영혼의 바람기가 감히 모습을 드러낼 수가 없어요. 그녀는 너무나 눈이 부셔서 똑바로 쳐다

볼 수가 없어요. 이제, 제가 그녀의 약점을 찾아 손에 넣는다면, 제 욕망은 스스로 칭찬받을 증거와 논거를 갖게 될 거요. 제가 그녀의 순결, 그녀의 평판, 그녀의 결혼 맹세, 그리고 저에 대항하 210 여 너무나도 강하게 철옹성을 쳤던 그 방어진지로부터 그녀를 몰 아낼 수 있게 될 거요. 그에 대한 당신 의견은 어떠십니까, 존 경?

폴스타프 브룩 씨. 먼저 내가 당신 돈을 마음껏 쓰겠소. 다음은, 당신 손을 내게 주시오. 그리고 끝으로, 나는 신사이므로, 당신이 원한다면, 당신은 포드 부인을 즐기게 될 거요. 215

포드 오 정말, 훌륭하십니다!

폴스타프 분명 당신은 그럴 수 있을 거요.

포드 돈은 마음껏 쓰세요, 존 경. 아무것도 부족한 건 없어요.

폴스타프 브룩 씨, 당신도 포드 부인을 마음껏 쓰시오. 당신도 부족함이 없을 거요. 내가 그녀에게 갈 거요. 당신에게 말이지만, 그녀가 220 약속을 잡았소. 당신이 여기 들어왔을 때, 그녀의 조수, 즉 중재자가 막 떠났소. 틀림없이 열 시에서 열한 시 사이에 그녀에게 갈 거요. 그 시간에 그녀의 질투심 많은 악당인 그녀의 남편이 멀리 출장 갈 거라고 했소. 밤중에 내게로 오시오. 내가 어떻게 성공하는지 알게 될 거요. 225

포드 당신을 알게 된 게 축복입니다. 혹시 포드 씨를 아시나요, 나리?

폴스타프 젠장, 불쌍한 오쟁이 진 악당 놈, 난 그 자식을 몰라요. 하지만 내가 그 자식을 불쌍하다고 말한 건 잘못되었소. 질투심 많고 오쟁이 진 그자가 돈은 엄청 많다는 거야. 그것 때문에 그놈 마누라가 매력이 있는 거지. 내 그녀를 그 오쟁이 진 불한당 놈 금고 열 230

쇠로 써먹을 참이야. 나로선 수확하는 계절이지.

포드 포드를 아셨더라면 좋았을 걸 그랬어요, 나리. 그자를 만나면 피해야 하니까.

폴스타프 젠장, 그 따위 속물 소금버터 같은 놈! 내가 한번 노려보면 정신이 나갈걸. 내 곤봉으로 그놈 겁을 줘야지. 곤봉을 그 오쟁이진 놈 뿔 위에 유성처럼 걸어둬야지. 브룩 씨, 당신은 알게 될 거요. 내가 그 무식쟁이를 꼼짝 못하게 하리란 걸 말이오. 그리고 당신은 그자의 부인과 잠자리를 하게 될 거요. 밤중에 일찌감치 내게로 오시오. 포드란 놈은 악당이고, 내가 그놈에게 칭호 하나를 더 붙여줘야지. 브룩 씨, 당신은 그자가 악당인 데다가 오쟁이진 자라는 걸 알게 될 거요. 밤중에 일찌감치 내게로 오시오.

(퇴장)

포드 이놈 정말 저주받을 호색한이잖아? 가슴이 찢어질 것 같아 참을 수가 없네. 누가 이걸 경솔한 질투라 하겠어? 내 마누라가 그자에게 사람을 보냈고, 시간은 정해졌고, 짝은 맺어졌어. 어느 누가 이걸 생각이나 했겠어? 부정한 여자를 데리고 사는 지옥 좀 보라고. 내 침상은 더렵혀지고, 내 금고는 약탈당하고, 내 평판은 갉아 먹힐 거야. 난 이 지독한 모욕을 당하게 될 뿐만 아니라, 혐오스러운 명칭으로 불리는 걸 견뎌야만 할 거야. 그것도 내게 이런 못된 짓을 행하는 그놈이 만든 명칭으로 말이지. 명칭, 이름! 아메이몬은 듣기 괜찮은데. 루시퍼도 괜찮고, 바바손도 괜찮아. 그들 모두 악마의 이름들이고, 마귀의 이름들이지. 그런데, 오쟁이진 놈이라고? 마누라 눈감아주는 놈이라고? 오쟁이진 놈이라니!

악마도 그런 이름은 갖지 않았어. 페이지는 바보, 완전한 바보야. 그 자식은 마누라를 믿고, 질투도 안하지. 나는 마누라를 혼자 두느니 차라리 프랑드르 사람에게 버터를, 웨일즈인 휴 목사에게는 치즈를, 아일랜드 사람에게는 위스키 병을 맡기고, 도둑놈에게는 느려빠진 거세마 훈련을 시키는 게 낫겠어. 혼자 있으면, 여자는 음모를 꾸미고, 곰곰 생각에 잠기고, 일을 고안해내는 법이지. 그리고 마음에 있는 생각을 실행하는데, ― 아무리 비탄에 젖을지라도 실행에 옮기지. 난 질투심이 있어 다행이군! 열한 시라고 했지 ― 내 이걸 막아야지. 마누라를 찾아내서, 폴스타프 놈에게 복수하고 페이지를 비웃어줘야지. 자, 시작이다. 1분이라도 늦는 것보다는 세 시간 빠른 게 낫다. 에잇, 고얀. 오쟁이, 오쟁이, 오쟁이라니! (퇴장)

3장

의사 카이어스와 럭비 등장

카이어스 잭 럭비!

럭비 왜 그러세요?

카이어스 지금 몇 시지, 잭?

럭비 그 시간은 지났다고요, 나리, 휴 목사님과 약속한 시간 말이에요.

5 **카이어스** 맹세하건대, 그놈이 자기 영혼은 구했군, 여기 안 와서 말이야.
　　　　　성경에 기도 잘했지. 여기 안 와서. 잭 럭비, 맹세코, 그자가 왔다
　　　　　면 이미 죽은 목숨이야.

럭비 그자가 현명하지요, 나리. 온다면 나리가 자기를 죽일 거라는 걸
　　　　알았던 거죠.

10 **카이어스** 맹세코, 청어도 내가 그 자식을 죽이는 방식으로 죽지는 않을
　　　　　걸. 잭, 칼을 잡아. 내가 그놈을 어떻게 죽일지 알려주마.

럭비 제발, 나리, 전 칼싸움 못해요.

카이어스 이 악당아! 어서 칼을 잡아.

럭비 참으세요. 여기 사람들이 오는데요.

샐로우, 페이지, 여관 주인, 슬렌더 등장

15 **여관 주인** 의사 대장 나리, 하나님의 축복이 있기를.

샐로우 카이어스 의사 선생, 하나님의 보호하심이 있기를.

페이지 안녕하시오, 훌륭하신 의사 선생님.

샐로우 좋은 아침 인사드리오, 선생.

카이어스 당신들 하나, 둘, 셋, 넷, 모두 뭣 때문에 오는 거요?

여관 주인 당신이 결투하는 거 보러 왔어요. 당신이 찌르는 거, 당신이 20
좌우로 움직이는 거, 당신이 여기 번쩍, 저기 번쩍 하는 거 보러
왔어요. 당신이 하는 직접 찌르기, 푹 찌르기, 거꾸로 찌르기, 거
리 재기, 위로 찌르기 솜씨를 보러 왔어요. 그자는 죽었나요, 검
은 피부 양반? 그자는 죽었소, 프랑스 양반? 이봐요, 대장 나리?
의학의 신 에스큘레피어스[38]께서 뭐라 말씀하시나? 저명한 의사 25
갈렌 박사[39]께서 뭐라 하시나? 겁쟁이 양반께서 뭐라 하시나? 이
봐요, 그가 죽었소, 오줌대장[40] 나리? 그가 죽었냐고요?

카이어스 정말이지, 그자는 세상에서 최고 겁쟁이 목사요. 얼굴을 안 내
밀었소.

여관 주인 당신이야말로 카스틸리아의 오줌 왕이시지. 그리스의 헥토르 30
시기도 하고, 이 양반아!

카이어스 당신들이 제발 증인 좀 서주시오. 내가 여섯, 일곱, 아니 두세
시간이나 기다렸는데 그자가 안 나타났어.

샐로우 그분이 더 현명하군 그래, 의사 선생, 그분은 영혼의 치료자이고

---

38. 그리스 의학의 신 애스큘레피오스(Asclepios)의 라틴어 명.

39. 2세기의 저명한 그리스 의사.

40. 오줌 대장(bully stale)은 의사를 농담조로 부르는 말로, 의사가 소변을 검사하여 진
료를 하는 점에 근거하여 부르는 말이다.

당신은 육신의 치료자요. 당신이 결투를 한다면, 당신의 직업에
어긋나는 거지. 안 그렇소, 페이지 씨?

페이지 샬로우 씨, 당신도 한때는 굉장한 싸움꾼이었죠, 지금은 평화주
의지이지만.

샬로우 하나님 육신에 걸고 맹세하는데, 페이지 씨, 내 지금은 비록 늙었
고 평화주의자이지만, 칼을 빼는 걸 보면, 내 손가락도 껴들고 싶
어 근질거린다오. 우리가 비록 판사고, 의사고, 성직자이지만, 페
이지 씨, 우리에겐 젊은 시절의 활력이 어느 정도 남아 있어요
― 우리는 모두 다 여자에게서 난 아들들이거든, 페이지 씨.

페이지 사실이오, 샬로우 씨.

샬로우 그럴 거요, 페이지 씨. ― 카이어스 의사 선생, 나는 당신을 집에
데려가려고 왔소. 나는 평화를 맹세했고, 당신은 자신이 현명한 의
사임을 보여주었소. 그리고 휴 목사님도 현명하고 참을성 있는 성
직자임을 보여주었소. 당신은 나와 함께 가셔야 하오, 의사 선생.

여관 주인 잠깐, 판사 손님. ― 한마디만, 가짜 소변 선생.

카이어스 가짜 소변이라뇨? 그게 뭐죠?

여관 주인 가짜 소변이란 우리 영어로 하자면 용맹입니다, 대장님.

카이어스 정말이지, 그렇담, 나도 영국사람만큼 가짜 소변을 갖고 있어
요. 상스런 똥개 목사! 맹세코, 내 그놈 귀를 잘라놓겠어.

여관 주인 그가 당신을 흠씬 작살내줄 거요, 대장님.

카이어스 작살이라고? 그게 뭐요?

여관 주인 그것은 그러니까, 그가 당신에게 보상할 거란 말이오.

카이어스 맹세코, 내 그자가 내게 작살내줄 줄 알았어. 정말 그렇담, 받

아야지.

여관 주인 그럼 내가 그에게 그거 하라고 하죠, 아니면 떠나버리든지.

카이어스 그 점 감사드리오. 60

여관 주인 그리고, 더욱이 대장님 — (다른 사람들에게, 방백) 하지만, 먼저, 손님 씨, 페이지 씨, 그리고 또한 슬렌더 기사님, 읍을 통과해 프로그모어로 다들 가세요.

페이지 (여관 주인에게 방백) 휴 목사님이 거기 있지요?

여관 주인 (페이지에게 방백) 그렇습니다. 그분 상태가 어떤지 살펴보세요. 65
난 들판을 지나 의사를 데려고 가리다. 그러면 될까요?

샐로우 (여관 주인에게 방백) 우린 그렇게 하겠소.

페이지, 샐로우, 슬렌더 의사 선생님, 안녕히 계세요.

여관 주인, 카이어스, 럭비를 제외하고 모두 퇴장

카이어스 맹세코, 내 그 목사 놈 죽여버릴 거야. 왜냐하면 그자가 원숭이
같은 놈을 앤 페이지에게 추천했으니까. 70

여관 주인 그를 죽여요. 당신 성마름은 칼집에 집어넣고, 당신 성질에 찬
물을 끼얹었어요. 나와 함께 들판을 가로질러 프로그모어로 갑시다.
내가 앤 페이지 양이 있는 곳으로 당신을 데려다주리다. 농장주
택에서 잔치가 열리고 있는 곳이오. 그러면 당신은 그녀에게 구
애하는 거요. 자 사냥 개시. 잘 아시겠소? 75

카이어스 정말로, 그 점에 대해 감사드리오. 참말로 당신을 사랑하오. 그
리고 당신에게 손님 많이 소개하리다. 백작, 기사, 귀족, 신사, 내
환자들 말이오.

여관 주인 그 대가로 내가 앤 페이지에게 당신 적수[41]가 돼 드리지. 잘
아시겠소?

카이어스 맹세코, 좋아요. 잘 알았소.

여관 주인 그럼 움직입시다.

카이어스 날 따라오너라, 잭 럭비. (퇴장)

---

41. 여관 주인은 카이어스 의사가 어려운 영어 단어의 의미를 모르기 때문에, 지지자
(advocate) 대신 적수(adversary)라는 말을 농담조로 사용한다.

3막

1장

에번스와 심플 등장

에번스 이봐, 슬렌더의 하인, 그리고 친구, 이름이 심플이라고 했지. 자칭 의사라는 카이어스 씨가 어느 쪽에서 오는지 살피고 있는 건가?

심플 물론이지요, 목사님. 작은 공원 쪽, 대공원 쪽 할 것 없이 사방을 살피고 있어요. 구 윈저로 쪽도 보고, 읍으로 가는 길 빼고는 다 보고 있죠.

에번스 그 쪽도 잘 살펴주길 아주 강력히 바라는 바이네.

심플 그렇게 하겠습니다, 목사님.

에번스 정말로, 화가 나서 터질 거 같고, 온통 치가 떨리네. 그자가 나를 속인 거라면 좋겠는데. 우울하기 짝이 없군. 내가 좋은 기회를 잡게 되면, 그놈 대갈통을 오줌통으로 갈겨줄 거야. 아이고, 정말!

(노래)

얕은 강물 가에, 그 폭포소리 맞추어,

고운 음색의 새들이 합창곡을 노래한다네.

거기서 장미꽃으로 침대를 만들리라.

그리고 천 송이나 되는 향기로운 꽃송이들로.

얕은 강물 가에 ─.

아이고 이런! 참말로 울고 싶구나.

(노래)

고운 음색의 새들이 합창곡을 노래한다네 —
내가 바빌론에 앉아 있을 때 —
그리고 천 송이나 되는 만연한 꽃송이들을.
얕은 강물 가에, 등등

심플 저기 그분이 오고 있어요, 이리로요, 휴 목사님.

에번스 그자가 오는 거 언제라도 환영이오.

(노래)

얕은 강물 가에, 그 폭포소리 맞추어 —
하나님, 정의가 번성하게 하소서! 그자는 어떤 무기를 들고 있나?

심플 무기는 없는데요, 목사님. 저의 주인이신 섈로우 씨, 그리고 또 다른 신사 한 분이 오십니다. 프로그모아 쪽에서, 출입 계단 너머, 이쪽으로.

에번스 어서, 내 가운을 주게 — 아니면 자네가 팔에 걸고 있든지.

페이지, 섈로우, 슬렌더 등장

섈로우 아니 어쩐 일이에요 목사님? 안녕하세요, 휴 목사님, 노름꾼이 주사위를 멀리하고 착한 학생이 책을 멀리한다, 이건 놀라운 일이로군요.

슬렌더 아, 사랑스러운 앤 페이지!

페이지 하나님의 가호를 빕니다, 휴 목사님.

에번스 하나님의 자비로운 축복을 빕니다, 여러분, 모두에게.

35 **샐로우** 뭐라고, 칼과 하나님 말씀이라고요? 그 둘 다 연구하는 거요, 목
사 양반?

페이지 게다가 아직도 젊으시네 ─ 이렇게 <u>으스스</u> 추워서 뼈마디가 쑤
시는 날에 몸에 꼭 끼는 상의와 하의를 입고 있으니 말이오?

에번스 그에 대한 이유와 원인이 있소.

40 **페이지** 우리는 당신에게 좋은 일 하러 왔어요, 목사님.

에번스 좋소, 그게 뭐요?

페이지 저기에 아주 존경할만한 신사분이 있는데, 어떤 사람에게서 모욕
을 받은 것처럼, 자신의 체면도 잃고 참지를 못하던데, 이제까지
본 중에서 최악이오.

45 **샐로우** 내가 80년 이상을 살았지만, 그분처럼 지위·근엄함·학식을 갖
춘 분이 자신의 평판에 개의치 않는 경우를 들어본 적이 없소.

에번스 뭐하는 사람이죠?

페이지 당신도 아실 거라 생각하는데, 카이어스 의사요. 유명한 프랑스
내과의사지요.

50 **에번스** 하나님 맙소사! 나에게 한 접시의 죽 이야기나 해주는 게 낫겠소.

페이지 왜 그래요?

에번스 그자는 히포크라테스고 갈레노스고 아는 바가 없고, 게다가 악당이
오. 당신이 그자를 알고 지내고 싶은 거 같은데 겁쟁이 악당이오.

페이지 장담컨대, 그 사람하고 싸워야겠던데요.

55 **슬렌더** 오 사랑스러운 앤 페이지!

샐로우 그의 무기로 보아하니 그렇겠군.

카이어스, 여관 주인, 럭비 등장

두 사람을 떼어 놓으시오. 여기 카이어스 의사가 오고 있소.

그들이 싸우려 한다.

페이지 안 됩니다, 훌륭한 목사님. 무기를 거둬요.

샐로우 당신도 무기를 거두시오, 훌륭한 의사 양반.

여관 주인 무기를 빼앗고, 말로 싸우게 해요. 그분들 수족을 온전하게 보 60
전케 해주고, 우리의 영어가 난도질당하게 해요.

카이어스 당신 귀에 대고 제발 한마디만 합시다. 도대체 왜 나를 피하려
드는 거요?

에번스 제발, 참으시오. 너 잘 만났다!

카이어스 맹세코, 넌 겁쟁이, 똥개, 원숭이 놈이다. 65

에번스 (카이어스에게 방백) 제발, 우리가 다른 사람들 기분에 맞춰서 웃음거
리가 되지 맙시다. 난 당신과 친해지고 싶고, 이런 저런 방식으로
보상하겠소. (큰 소리로) 네놈 대갈통을 오줌통으로 갈겨줄 테다.

카이어스 이런 악마 놈! 잭 럭비, 이봐요, 가터 여관 주인 양반, 내가 그
놈을 죽이려고 기다리지 않았소? 약속한 장소에서 안 기다렸소? 70

에번스 난 기독교인이오. 자, 이거 봐. 약속장소는 여기야. 나는 가터 여
관 주인에게서 판결을 받아야겠어.

여관 주인 이봐요, 조용히 좀 하세요. 갈리아 사람과 골 사람, 프랑스인
과 웨일즈인, 영혼 치료사와 육체 치료사 두 분 다 조용히 좀 하
세요. 75

카이어스 알았소. 아주 좋아. 좋다고.

여관 주인 조용히 좀 하시오, 제발. 이 가터 여관 주인의 말을 들어요.
내가 신중합니까? 내가 노련한가요? 내가 마키아벨리처럼 책략가
인가요? 내가 의사 양반을 잃어야 할까요? 안 되죠. 그분은 저에
게 물약도 주시고 설사약도 주시죠. 내가 목사님을 잃어야 할까
요? 목사님을요? 나의 휴 목사님을요? 안 되죠, 그분은 저에게 속
담도 알려주시고 해서는 안 될 일을 가르쳐주시죠. (카이어스에게)
악수하세요, 지상 나리, 그렇게요. (에번스에게) 악수하세요, 천상
나리, 그렇게요. ― 학식 있는 두 분, 내가 두 분 모두를 속였어
요. 내가 두 분을 잘못된 장소로 가게 했어요. 두 분 피부는 멀쩡
한 채, 강한 용기를 보여주었으니, 데운 포도주로 건배나 합시다.
― 자, 두 분 칼은 저당이나 잡히세요. 날 따라와요, 평화의 젊은
이들, 날 따라와요, 어서, 어서.

샐로우 참말로, 미친 여관 주인이군. 따라갑시다, 신사 분들, 어서요.

슬렌더 오 사랑스러운 앤 페이지!   (샐로우, 슬렌더, 페이지 퇴장)

카이어스 아, 그랬나? 당신 우릴 바보 취급했군 그래, 하, 하?

에번스 이거 잘됐소, 그 사람 우릴 조롱거리로 만들었군 그래. 난 당신과
친구가 되고 싶소. 우리 함께 머리를 합하여, 이 더럽고 비열한
사기꾼 녀석, 여관 주인에게 복수합시다.

카이어스 맹세코, 진심으로 그러지요. 그자가 나를 앤 페이지가 있는 곳
으로 데려다준다고 약속했는데. 정말이지, 그자가 나도 속였어
요.

에번스 음, 그자 대가리를 갈겨줘야겠어. 자, 갑시다.   (퇴장)

2장

페이지 부인 등장, 뒤따라 로빈 등장

페이지 부인   아니, 계속해서 가, 꼬마 용사야. 넌 늘 뒤따라 다녔었지만, 지금은 앞장서서 가는 인도자야. 내 눈을 안내하는 것하고 주인 뒤꿈치를 눈으로 좇는 것 중에 어느 게 낫지?

로빈   참말로, 난쟁이처럼 주인을 뒤따라가느니 남자답게 마님을 앞장서서 가는 게 낫지요.   5

페이지 부인   오, 아첨도 잘 하네. 이제 네가 궁정 신하가 되는 걸 볼 수 있겠어.

포드 등장

포드   페이지 부인, 잘 만났습니다. 어디로 가시죠?

페이지 부인   실은, 포드 부인을 만나러 가는 길이에요. 부인 집에 있나요?   10

포드   그럼요, 늘 그렇듯이 빈둥거리고 있죠. 어울릴 사람이 없어서요. 남편들이 죽으면 둘이서 결혼이라도 하겠네요.

페이지 부인   틀림없이 그렇죠 ─ 두 명의 다른 남편들하고 말이죠.

포드   이 예쁜 바람개비는 어디서 구하셨나요?

페이지 부인   그분 이름이 도대체 뭔지 모르겠네요. 저의 남편이 그분에   15

게서 데려왔는데. ― 얘야, 너의 기사 양반 성함이 뭐냐?

로빈 존 폴스타프 경입니다.

포드 존 폴스타프 경이라고?

페이지 부인 그분이 맞아요. 나는 그분 이름을 정확히 댈 수가 없어요.
20   우리 집 양반하고 그이는 아주 친하죠. 그런데 부인은 정말 집에
        계시나요?

포드 틀림없이 있습니다.

페이지 부인 그럼 이만 실례합니다. 그녀를 만나고 싶어 병이 날 지경이
        니까.

페이지 부인과 로빈 퇴장

25 **포드** 페이지라는 자는 머리가 있기는 있는 거야? 그자에게 눈은 달려
        있는 거야? 어떤 생각이 있긴 한 거고? 틀림없이 그 모든 게 잠을
        자고 있어. 그자가 아무것도 사용을 못하는 걸 보니. 이런, 이 꼬
        마 녀석이 편지 한 통을 20마일이나 전달해줄 거야. 대포가 직사
        포로 쉽게 240마일을 쏘아대듯이 말이지. 페이지란 녀석 제 마누
30   라 바람기를 부추겨주는 꼴이라니까. 제 마누라의 어리석은 행동
        을 선동하고 기회를 만들어주는 격이야. 그런데, 지금 페이지 마
        누라가 폴스타프의 꼬마 녀석하고 같이 우리 마누라에게 가고 있
        어. 바람 속에서 소나기 다가오는 노랫소리를 들을 수 있지. 게다
        가, 폴스타프의 꼬마가 그녀와 같이 간다고! 훌륭한 음모야! 음모
35   가 꾸며진 거고, 우리의 바람난 마누라들이 함께 걸려든 거지. 좋
        아, 내 그놈을 잡고, 내 마누라를 족치고, 그럴싸해 보이는 페이

지 마누라에게서 정숙한 척 가리고 있는 빌린 베일을 벗겨내야
지. 페이지란 녀석이 자신을 바보 같은 자만심에 자발적으로 오
쟁이 진 남편 액티온으로 만든 자라고 까발려야지. 그러면 이 난
리법석에 대해서 이웃사람들도 박수갈채를 보낼 거야. (시계가 종을 40
친다.) 저 시계가 나에게 시작 신호를 주는군. 나의 확신이 내게 수
색을 명하고 있어. 내 거기서 폴스타프를 찾아낼 거야. 이 일로
조롱받기보다는 칭찬을 듣게 될 거야. 폴스타프가 그 곳에 있는
건 대지가 견고한 만큼이나 확실해. 어서 가야지.

샐로우, 페이지, 여관 주인, 슬렌더, 카이어스, 에번스, 럭비 등장

샐로우, 페이지, 그 외 사람들 잘 만났소, 포드 씨. 45

포드 정말이지, 대단한 한 패로군. 제가 집에 잘 차려놓았으니, 모두
저와 함께 가시지요.

샐로우 포드 씨, 난 실례지만 못 가겠소.

슬렌더 저도 못가요. 우리는 앤 양하고 저녁식사 약속이 되어 있어서, 아
무리 돈을 많이 준대도 그녀와의 약속을 깨고 싶지 않아요. 50

샐로우 앤 페이지하고 내 조카 슬렌더 사이의 혼담이 결론이 나지 않고
있었소만, 오늘 우리는 그 답을 듣게 될 거요.

슬렌더 저에게 호의를 가져주셨으면 합니다, 아버님.

페이지 물론이지, 슬렌더 씨. 난 전적으로 당신을 지지하오. ― 하지만,
의사 양반, 내 아내는 전적으로 당신 편이오. 55

카이어스 그럼요, 맹세코. 그 처녀는 절 사랑하고 있어요. 퀴클리 부인이
나에게 얘기 많이 해줬어요.

여관 주인 젊은 펜튼 씨는 어떤가요? 신나게 뛰어놀 줄도 알고, 춤도 잘
추고, 젊음이 넘치는 눈에다, 시도 잘 쓰고, 말도 유쾌하게 하지,
4월과 5월의 신선한 향기를 내뿜죠. 그가 성공할 거야. 암 성공
하고말고 ― 한창 꽃필 때이니 성공할 거야.

페이지 장담컨대, 난 승낙 못해요. 그 친구는 가진 게 없어. 그는 방종한
왕자[42]와 포인즈 따위와 어울려 다녔어. 지위도 너무 높고 아는
게 너무 많아 ― 안 될 말이지, 그자가 내 재산의 손가락으로 자
기 재산의 매듭을 묶게 하지는 않을 거야. 그자가 내 딸애를 데려
가려거든 단지 몸뚱어리만 데려가라고 하지. 내가 갖고 있는 재
산은 내가 찬성해야 되거든. 난 그쪽은 찬성 못해요.

포드 진심으로 청하건대, 몇 분은 저의 집에 저녁 식사하러 가시죠. 음
식 외에도, 여흥도 즐기시죠. 여러분들에게 괴물 한 마리를 보여
드리겠습니다. 의사 양반, 가시지요. 페이지 씨, 당신도요. 그리고
휴 목사님도 같이 가시죠.

샐로우 그럼 잘들 가시오. 페이지 씨 댁에서 우리는 좀 더 자유롭게 구애
를 해도 되겠군.   (샐로우와 슬렌더 퇴장)

카이어스 집에 가거라, 존 럭비. 나도 곧 가마.   (존 럭비 퇴장)

여관 주인 잘들 가시오, 여러분, 저는 정직한 기사 폴스타프에게 가서 그
와 함께 카나리아산 포도주나 마셔야겠어요.

포드 (방백) 나도 그자와 통술로 마셔야 할 것 같아. 내 그 자식 춤을 추
게 만들어야지. ― 같이 가실가요, 신사 양반들?

모두 우리 그럼 이 괴물 한번 보러 갑시다.   (퇴장)

---

42. 펜튼은 Prince Hal이 왕이 되기 전에 친구였다.

3장

포드 부인과 페이지 부인 등장

포드 부인 뭐해, 존! 로버트, 뭐 하냐고!

페이지 부인 빨리, 빨리! 세탁 광주리는 —

포드 부인 틀림없어요. — 뭐해, 로빈, 이봐!

존과 로버트가 빨래 광주리를 들고 등장

페이지 부인 어서 와요. 어서, 어서.

포드 부인 여기, 내려 놔요. 5

페이지 부인 당신네 하인들에게 단단히 책임을 지워주세요. 빨리 끝내야 해요.

포드 부인 저기, 내가 전에 말한 것처럼, 존하고 로버트, 두 사람은 여기 양조장 옆에서 단단히 준비하고 있어요. 내가 갑자기 부르면 뛰 어나와서, 멈추거나 비틀거리지 말고, 어깨에 이 광주리를 메는 10 거야. 그 일을 마치면 서둘러 그걸 가지고 걸어가서, 대치트 목 장[43] 근처 세탁소 있는 데로 가져가요. 거기서 템스 강가 가까운 진흙 도랑에 내용물을 쏟아 버리란 말이야.

페이지 부인 잘 할 수 있지?

---

43. 윈저 소공원(Windsor Little Park) 근처의 템스 강가에 위치한 목장.

포드 부인 내가 그들에게 여러 번 말했으니. 지시가 부족하진 않을 거요. — 어서 가서, 부르거든 나와요. (존과 로버트 퇴장)

페이지 부인 여기 꼬마 로빈이 오네요.

로빈 등장

포드 부인 어쩐 일이지, 어린 새매 씨, 새로운 소식이라도 있니?

로빈 저의 주인이신 존 경께서 뒷문에 와 계셔요, 포드 부인, 그리고 부인을 뵙자고 하십니다.

페이지 부인 요 사순절 꼬마 인형, 우리에게 의리는 지키는 거지?

로빈 그럼요, 맹세할게요. 저의 주인님은 부인이 여기 계신 걸 몰라요. 만약 제가 당신에게 그 사실을 말한다면, 저를 영원한 자유 속에 처넣겠다고 위협하셨어요. 왜냐면, 저를 내쫓아버리겠다고 맹세하시거든요.

페이지 부인 너 참 착하구나. 네 비밀이 네게 재단사 노릇을 해서, 너에게 새 옷 상의와 바지 한 벌을 만들어줄 거다. — 나도 몸을 숨기러 가야겠어.

포드 부인 그렇게 하세요 — 너는 가서 주인에게 나 혼자 있다고 말해라. (로빈 퇴장) 페이지 부인. 시작 신호를 잘 기억해요.

페이지 부인 장담해요. 놓치면 절 나무라세요.

포드 부인 자, 어서요. 우리 몸에 해로운 이 습기, 온통 물 많은 이 호박 놈을 혼내서, 거북이하고 어치 구별하는 법을 가르쳐야지.

(페이지 부인 퇴장)

폴스타프 내가 그대를 손에 넣었는가, 나의 천상의 보석이여? 정말, 이
제 죽어도 좋소. 살 만큼 충분히 살았으니까. 이것이 내 야망의 35
목표요. 오, 축복받은 이 시간!

포드 부인 오 다정한 존 경!

폴스타프 포드 부인, 난 속이질 못하오. 난 떠들어댈 줄도 모르오, 포드
부인. 지금, 난 나의 소망으로 인해 죄를 짓게 될 거요. 당신 남편
이 죽었으면 하니까 ─ 내 최상의 귀족 앞이라도 그 사실을 말할 40
것이오. 당신을 내 아내로 삼고 싶소.

포드 부인 제가 당신의 아내가 된다고요, 존 경? 아, 형편없는 아내가 되
겠군요.

폴스타프 프랑스 궁정에 당신만한 사람이 또 있다면 내게 보여달라고
하겠소. 그대의 눈은 다이아몬드와 경쟁할 정도고, 그 이마의 적 45
절한 아치모양 아름다움은 배 모양의 머릿수건, 멋진 머릿수건,
혹은 베니스에서 유행하는 어떤 머릿수건하고도 잘 어울리지요.

포드 부인 민무늬 스카프 정도나 어울리겠죠, 존 경. 제 이마엔 어떤 것
도 안 어울려요. 그런 스카프는 잘 안 어울려요.

폴스타프 맹세코, 그렇게 말씀하다니 폭군이나 다름없소. 당신은 완벽한 50
궁정대신의 부인이 될 거요. 그대 발 자세를 확고하게 잡으면 반
원형 치마를 입은 걸음걸이가 아주 멋질 거요. 지금은 당신의 적
인 운명의 여신이, 자연이 아니라, 당신의 친구였다면, 당신은 대
단한 사람이 되었을 거요. 자, 당신은 아름다움을 감출 수 없소.

포드 부인 절 믿어주세요. 저에게 그런 것은 없어요.

폴스타프 내가 무엇 때문에 그대를 사랑하게 되었겠소? 그것만 보아도 당신에게 특별한 것이 있다는 것을 알거요. 자, 나는 속임수로 당신이 이렇다 저렇다고 말하지는 못하오. 여름철 버클러스버리 거리[44]에서 향기를 피우고, 남장한 여자들처럼 다니는 수많은 산사나무 새싹 같은 젊은 것들과는 다르거든. 나는 그렇게는 못해요. 난 그대를 사랑하오. 그대 외에는 누구도 사랑하지 않소. 그대는 그 사랑을 받을 자격이 있어요.

포드 부인 나리, 절 배신하지 마세요, 당신이 페이지 부인을 사랑하실까 봐 두려워요.

폴스타프 차라리 당신은 내가 빚쟁이 잡아넣는 교도소 정문 옆을 걷는 것을 사랑한다고 말하는 편이 나아요. 나는 그것을 석회가마의 악취만큼이나 싫어해요.

포드 부인 글쎄, 제가 당신을 얼마나 사랑하는지는 아무도 모를 거예요. 당신도 언젠가는 알게 되겠죠.

폴스타프 그 사랑 마음속에 잘 간직하시오. 내가 그 사랑에 대한 자격을 갖게 될 거요.

포드 부인 아니요, 당신은 이미 자격이 있다고, 말씀드려야만 되겠어요. 그렇지 않다면야, 제가 그런 마음을 가질 수 없었을 테니까요.

로빈 등장

---

44. 버클러스버리는 여름철에 다양한 향기가 나는 식물이 판매되는 도시 거리 이름이다.

로빈 포드 부인, 포드 부인! 페이지 부인이 문에 와 계셔요. 땀을 뻘뻘 흘리면서 숨을 헉헉거리고, 표정도 사나우셔요. 당장 부인과 하 ₇₅ 실 말씀이 있다는데요.

폴스타프 그 여자에게 들키면 안 되는데. 벽걸이 커튼 뒤에 숨어야겠어.

포드 부인 어서 그렇게 하세요. 그 여자는 아주 말이 많은 여자예요.

(폴스타프가 커튼 뒤로 숨는다.)

페이지 부인 등장

무슨 일이세요? 어쩐 일이냐고요?

페이지 부인 오, 포드 부인? 당신 무슨 짓을 저지른 거요? 부끄러운 줄 ₈₀ 아세요. 당신은 망했어요. 영영 파멸이에요.

포드 부인 무슨 일이에요, 페이지 부인?

페이지 부인 오, 이런, 포드 부인. 정직한 분을 남편으로 갖고 있으면서, 그에게서 의심 받을 짓을 하다니!

포드 부인 무슨 의심받을 짓 말이죠? ₈₅

페이지 부인 무슨 의심 받을 짓이라니? 젠장, 내가 당신을 잘못 보았군요!

포드 부인 아니, 이런, 뭐가 문제예요?

페이지 부인 이봐요, 당신 남편이 윈저에 있는 모든 관리들과 함께 이리 로 오고 있어요. 당신 남편이 그러는데 자기가 없는 틈을 타서, 당신이 지금 여기 이 집에 들여놓은 신사를 찾으러 온다는 거예 ₉₀ 요. 당신 끝장났어요.

포드 부인 설마, 그럴 리가.

페이지 부인 당신이 이 집에 그런 사람을 들였다니, 제발, 그럴 리가 없

었으면. 하지만 당신 남편이 뒤꽁무니에 원저 사람 절반이나 거
느리고 그자를 찾으러 오고 있는 것은 아주 확실해요. 당신에게
말해주려고 미리 왔어요. 당신 자신이 결백하다면, 그야, 나도 기
쁘죠. 하지만, 당신 애인이 여기 있다면, 보내세요, 그를 밖으로
내보내라고요. 당황하지 말고, 정신을 바짝 차리고, 당신의 명예
를 지켜요. 그렇지 않으면, 당신의 멋진 인생과는 영영 작별을 고

해야 할 거요.

포드 부인 이를 어쩌죠? 신사가 한 분 있어요. 나의 소중한 친구예요. 전
제가 창피당하는 것보다 그분이 위험에 처할까봐 그게 더 두려워
요. 차라리 천 파운드가 들지언정, 그분을 집밖으로 내보내는 게
낫겠네.

페이지 부인 이 무슨 꼴이람, '차라리', '차라리' 하면서 서 있지만 말고!
댁 남편이 가까이 왔다니까. 데리고 나갈 방법을 생각해봐요 ─
집안에다 그 양반을 숨길 수는 없어요. ─ 오, 당신이 나를 감쪽같
이 속이다니! ─ 보세요, 여기 바구니가 있어요! 그분 신장이 어지
간하다면 여기로 기어들어갈 수 있겠네요. 위에는 더러운 아마포

를 덮어요. 막 세탁하려는 것처럼 보이게. 아니면 ─ 표백할 시간
이니 ─ 하인 두 명을 시켜 그자를 대치트 목장 세탁소로 보내요.

포드 부인 그분은 몸집이 너무 커서 거기 못 들어가요. 어쩌면 좋죠?

폴스타프 (숨었다가 앞으로 나오면서) 어디 봅시다. 어디 봐요. 오. 어디 봅시
다. 내 들어가리다. 들어가겠소. ─ 당신 친구의 조언을 따르리

다. 들어가겠소.

페이지 부인 뭐라고요, 존 폴스타프 경? (그에게 방백) 이거 당신이 보낸 편

지 맞아요, 기사님?

폴스타프 (그녀에게 방백) 난 당신을, 당신만을 사랑하오. 내가 달아날 수 있게 도와줘요. 내 여기 들어가겠소. 난 이제 결코 안 하겠소 ─

폴스타프가 광주리 안으로 들어가고, 페이지 부인과 포드 부인이 천으로 그를 덮는다.

페이지 부인 애야, 네 주인어른 덮는 걸 도와드려라. ─ 포드 부인, 댁네 120
하인들을 부르세요. ─ 이 위선자 기사 양반 같으니라고!

(로빈 퇴장)

포드 부인 뭐해, 존! 로버트, 존!

존과 로버트가 등장

여기 이 빨래들을 가지고 가, 빨리. 장대는 어디 있지? ─ 저 꾸
물대는 꼴 좀 봐! 저걸 대치트 목장 세탁소로 가져가라고. 빨리,
어서. 125

포드, 페이지, 카이어스, 에번스 등장

포드 이리 가까이 좀 와봐요. 내가 근거 없이 의심하는 거라면, 참말이
지, 날 조롱해도 좋소. 그렇다면, 날 조롱거리로 삼으시오. 그걸
받을 만하니까. ─ 아니, 이게 무슨 일이야? 이걸 어디로 가져가
는 거야?

존 세탁소로 갑니다, 정말로. 130

포드 부인 도대체, 저 사람들이 그걸 어디로 가져가든 당신이 뭔 상관이

래요? 당신이야말로 빨래 세탁 참견하는 데 최고 인물이시구려!

포드 세탁이라고? 나도 내 몸을 세탁할 수 있었으면 좋겠네! 세탁, 세
탁, 세탁 말이야! 맞아 수사슴이란 뜻이지! 내 장담컨대, 수사슴
135 이야 — 또 제철을 만났다니까, 두고 보면 알 거야.

존, 로버트 광주리를 들고 퇴장

신사 여러분. 난 지난 밤 꿈을 꾸었어요. 내 꿈을 말씀드리죠. 여
기, 여기, 여기에 내 열쇠가 있소. 내 방으로 올라가서 수색하고,
뒤지고, 찾아내시오. 장담컨대, 우리가 그 여우를 몰아낼 거요. 먼
저 이쪽을 막아야지. (문을 잠근다.) 자, 이제 몰아냅시다!

140 **페이지** 훌륭하신 포드 씨, 진정하시오. 당신은 너무 심하게 자책하고 있
어요.

포드 사실이오, 페이지 씨. — 여러분, 어서 올라가시오, 곧 구경거리
를 보시게 될 겁니다. 여러분, 날 따라오세요.   (퇴장)

에번스 정말이지, 이건 매우 환상적인 유머와 질투군요.

145 **카이어스** 맹세코, 이건 프랑스식은 아니군. 프랑스에는 질투라곤 없지.

페이지 저, 여러분, 그를 따라가요. 수색 결과가 어떤지 봅시다.

(페이지, 카이어스, 에번스 퇴장)

페이지 부인 이 일에는 이중으로 장점이 있지 않겠어요?

포드 부인 남편 속이는 거랑, 존 경 속이는 거랑 어느 것이 더 재미있는
지 모르겠네요.

150 **페이지 부인** 당신 남편이 바구니 안에 무엇이 들었느냐고 물었을 때, 그
자가 얼마나 공포에 떨었겠어요!

포드 부인　아마도 그자는 오줌을 쌌을 테니 씻어야 할 필요가 있었겠죠. 그러니 물속에 던지는 게 그자에게도 이롭지요.

페이지 부인　교수형에 처해 마땅한, 부정직한 악당 같으니라고! 그와 같 은 종족들은 전부 똑같은 고통을 당하게 했으면 좋겠어요.　　　　155

포드 부인　내 남편이 폴스타프가 여기 있었다고 단단히 의심하는 것 같 아요. 지금까지 그렇게 심하게 질투하는 걸 본 적이 없어요.

페이지 부인　그걸 시험해볼 계략을 세웁시다. 그리고 폴스타프를 골려줄 묘책을 좀 더 마련해요. 그자의 방탕한 고질병은 이 약으로도 완 전히 치료가 안 될 거요.　　　　160

포드 부인　그 바보 같은 썩은 고기, 퀴클리 부인을 그자에게 다시 보냅 시다. 물에 빠뜨린 것을 사과하고, 또 다른 희망을 불어넣어서, 그자를 한 번 더 벌주는 것이 어떨까요?

페이지 부인　그렇게 합시다. 보상을 하겠다고 하고 내일 여덟 시에 그를 데려오지요.　　　　165

　　　　　　　포드, 페이지, 카이어스, 에번스 등장

포드　그 자식 못 찾겠네. 아마도 그 노예 놈이 하지도 못할 걸 허풍 친 모양이야.

페이지 부인　(포드 부인에게 방백) 저 말 들었어요?

포드 부인　이봐요, 포드 씨, 당신 나를 정말 잘 대접해주시는구려, 그렇죠?

포드　그래. 그렇게 됐구먼.　　　　170

포드 부인　하나님, 우리 남편을 본인이 생각하는 것보다 더 나은 사람으 로 만들어 주소서.

포드 아멘.

페이지 부인 당신이 엄청 잘못하신 거예요, 포드 씨.

175 **포드** 예, 그래요. 제가 감당해야죠.

에번스 정말이지, 누군가 집안에, 방안에, 금고 안에, 찬장 안에 들어가 있다면, 하나님, 심판 날에 저의 죄를 용서해주소서!

카이어스 정말로, 나 역시도 못 찾겠어. 아무도 없소.

페이지 젠장, 이거 봐요, 포드 씨, 당신 부끄럽지도 않소? 어떤 귀신이,
180 어떤 악마가 이런 상상을 제안했나요? 나 같으면 윈저 성의 재산을 다 준대도 당신처럼 이런 식으로 성질을 부리지는 않겠소.

포드 내 탓이오, 페이지 씨. 나도 괴롭소.

에번스 당신의 나쁜 양심 때문에 괴롭겠지. 당신 부인은 5천 명 중에서,
그리고 3백 명 중에서도 내가 꼽을 수 있는 가장 정숙한 여자요.

185 **카이어스** 정말로, 내가 보기에 그녀는 정숙한 여자요.

포드 자, 제가 여러분들에게 저녁식사 약속을 했지요. 자, 자, 공원으로 산책 갑시다. 제발 절 용서해주시오. 제가 왜 이런 짓을 했는지 차후에 알려드리겠소. 갑시다, 여보, 페이지 부인, 날 용서해줘요. 제발 용서해주구려.

190 **페이지** (카이어스와 에번스에게) 식사하러 들어갑시다, 여러분. 하지만, 정말, 우리 저 양반을 놀려줍시다. (모두에게) 내일 아침식사는 저희 집으로 초대하겠소. 그 후에 함께 새 사냥이나 합시다. 내가 숲에서 사냥 잘하는 매를 한 마리 갖고 있어요. 그렇게 하실까요?

포드 뭐든지 좋소이다.

195 **에번스** 한 분이 있으니, 내가 동행하여 둘로 만들겠소.

카이어스 한 분, 그리고 두 분이 있으니, 내가 세 번째가 될 거요.

포드 제발 당신도 같이 가십시다, 페이지 씨.

(에번스와 카이어스만 빼고 모두 퇴장)

에번스 제발, 당신 그 더러운 노예 같은 여관 주인 놈, 내일을 꼭 기억하시오.

카이어스 좋소. 맹세코, 진심으로 좋소이다!

에번스 더러운 노예 놈. 그 자식이 비웃고 놀려대고 했겠다!

200

4장

펜튼과 앤 페이지 등장

펜튼

아무래도 난 당신 아버지 사랑을 얻을 수 없는 것 같으니,

그러니 더 이상 나보고 아버님을 뵈라고 하지 말아요, 사랑스러

운 낸.

앤   아, 그럼 어쩌죠?

펜튼   그야, 당신이 알아서 하셔야죠.

5   그분은 저의 가문이 너무 좋아서 반대하시는 거요.

게다가, 제가 낭비를 해서 재산이 바닥난 상태이기 때문에,

그분 재산으로 메꾸려할까 봐 그러시는 거요.

이것 말고도, 제 앞에다 다른 방해물로 가로막으시는데요.

과거에 저의 방탕함, 거친 친구들과 어울려 다닌 것 —

10   그리고 불가능한 얘기를 제게 말씀하셔요.

제가 당신을 재산으로만 보고서 사랑한다는 거예요.

앤   아마도 아버지 말씀이 사실일지 모르죠.

펜튼

아니요, 하나님 저의 앞날에 행운을 베풀어주소서!

솔직히 고백하건대 당신 아버지 재산이

15   내가 당신에게 구애한 최초의 동기인 것은 사실이오, 앤,

하지만 그대에게 구애를 하면서,

금화나 밀봉된 자루에 들어있는 돈보다도

그대가 더 가치가 있다는 것을 발견하였소.

그리고 지금 내가 목표하는 것은

당신이라는 보물일 뿐이오.   20

앤   점잖으신 펜튼 선생님,

그래도 저의 아버지 사랑을 구하세요. 계속 그렇게 하셔야 해요,

선생님.

기회를 봐서 겸손하게 간청을 해도

허락을 얻지 못한다면, 그러면 ― 여기 내말 좀 들어봐요 ―

두 사람은 떨어져서 대화를 하고 있다.

샐로우, 슬렌더, 퀴클리 부인 등장

샐로우 저들의 대화를 중지시키시오, 퀴클리 부인. 내 친척인 슬렌더가   25

직접 말을 할 거니까.

슬렌더 내 양당 간에 결판을 짓겠어요. 맹세코[45], 이건 시도의 문제군요.

샐로우 겁먹지 마.

슬렌더 겁 안 먹어요, 그녀가 절 겁주지는 않겠죠. 전 상관 안 해요. 하지

만 겁이 나네요.   30

퀴클리 부인 (앤에게) 내 말 좀 들어봐요. 슬렌더 씨가 아가씨에게 할 말이

---

45. 가벼운 맹세 표현으로 'Slid는 '하나님의 눈썹에 걸고'(by the God's eyelid)의 축약
형이며, 맹세코로 번역하였다.

있대요.

앤 제가 그분께 갈게요. ― (방백) 이이가 아버님이 선택한 사람이야. 오, 저리 지독하게 못생긴 사람도

35 1년 수입이 3백 파운드라고 하니 잘생겨 보이네!

퀴클리 부인 그런데, 펜튼 선생, 어찌 지내시나요? 저기, 당신에게 할 말이 있어요.

샐로우 (슬렌더에게) 그녀가 오니, 어서 가봐, 조카. 오 이런, 자네에게 아버지가 있었더라면!

40 **슬렌더** 전 아버지가 계셨지요, 앤, 저희 아저씨께서 아버지에 대해 당신에게 재미있는 농담을 해주실 수 있어요. ― 제발, 아저씨, 저의 아버지께서 가축우리에서 거위 두 마리 훔친 이야기 좀 앤에게 해주세요, 아저씨.

샐로우 앤 양, 내 조카 슬렌더가 당신을 사랑하고 있다오.

45 **슬렌더** 그래요, 사랑합니다. 글로스터셔에 있는 어떤 여자를 사랑하는 것만큼이나 당신을 사랑해요.

샐로우 그는 아가씨를 귀부인으로 대접할 거요.

슬렌더 그래요, 저는 그렇게 할 거예요. 누구건 무엇이건 간에, 향사의 지위에 맞게 대접할 겁니다.

50 **샐로우** 당신이 미망인이 되면 150파운드를 남겨줄 거요.

앤 샐로우 씨, 그이가 직접 구애하게 하세요.

샐로우 저런, 말해주어 고맙소. 마음 편하게 해주니 그것도 고맙고. ― 조카, 앤이 자넬 부르네. 나는 가봐야겠어.

앤 자, 슬렌더 씨.

슬렌더 자, 앤 아가씨.

앤 당신의 의도는 무엇이죠?

슬렌더 내 유서라고요? 맙소사, 정말 재치 있는 농담이군요! 감사하게도
전 유서를 아직 작성하지 않았어요. 그 정도로 병자가 아니어서,
하나님을 찬송한답니다.

앤 제 말씀은, 슬렌더 씨, 절 어떻게 하실 거냐고요?

슬렌더 진실로, 제 입장에서는 당신을 어쩔 생각이 조금도 없습니다. 당
신 아버님과 저의 아저씨께서 혼담을 나눴어요. 그게 제 행운이
라면, 행운인 거죠. 그게 아니라면 운명으로 정해진 자가 행복한
사람이 되겠지요. 저보다도 저분들이 자초지종을 당신에게 말해
줄 수 있어요. — 아버님께 여쭤보세요. 여기 오시네요.

페이지와 페이지 부인 등장

페이지

아, 슬렌더 씨, — 애야 앤, 이 분을 사랑하도록 해라 —
아니, 어찌된 일이지? 펜튼 씨가 여기에 어떻게 오셨나?
이렇게 저희 집에 자주 오시면 곤란한데요, 선생.
말씀드렸잖소, 선생, 우리 딸애는 정해진 데가 있다고.

펜튼 아닙니다, 페이지 씨, 화내지 마세요.

페이지 부인 펜튼 씨, 우리 아이에게 오지 말아요.

페이지 그 애는 당신 짝이 아니오.

펜튼 어르신, 제 말씀 좀 들어보시겠습니까?

페이지 아니 됐어요, 펜튼 씨. —

갑시다, 섈로우 씨. 가세, 슬렌더, 안으로 —

내 마음을 알건대, 당신이 날 곤란하게 하고 있소, 펜튼 씨.

(페이지, 섈로우, 슬렌더 퇴장)

퀴클리 부인 (펜튼에게) 페이지 부인에게 말씀드려보세요.

펜튼

페이지 부인. 저는 따님을

진정으로 사랑하고 있기 때문에,

저는 어쩔 수없이, 모든 불신과, 비난과 체면에 대항하여,

제 사랑의 깃발을 들고 나아가야만 하지

결코 물러설 수 없어요. 저에게 호의를 베풀어 주세요.

앤 어머니, 저를 저 바보와 결혼시키지 마세요.

페이지 부인 안 시킬 거야. 난 네게 더 나은 신랑감을 찾고 있어.

퀴클리 부인 (방백) 그게 바로 우리 주인, 의사 선생님이지.

앤 아, 차라리 산채로 땅속에 매장되어,

순무로 맞아서 죽는 게 낫겠어.

페이지 부인

자, 걱정 말아요, 펜튼 씨.

난 당신의 친구도 적도 되지 않을 거요.

내가 딸애에게 당신을 얼마나 사랑하는지 물어보고,

난 그 애 의향대로, 따르겠어요.

그때까지, 안녕히. 저애는 들어가봐야 해요.

저애 아버지가 화내겠어요.

펜튼 안녕히 가세요, 점잖으신 부인. 안녕, 낸. (페이지 부인과 앤 퇴장)

퀴클리 부인 이게 내가 한 일이라니까요, 방금. '안 돼요. 당신 자녀를 바   95
보나 의사에게 내던지시겠어요? 펜튼 씨를 보세요.' 제가 이렇게
말했지요. 제가 이 일을 했다니까요.

펜튼

고마워요. 오늘 밤 아무 때고
나의 사랑스런 낸에게 이 반지를 전해주세요. ─ 여기 수고비 있
어요.

퀴클리 부인 이제 당신에게 행운이 있으시길! (펜튼 퇴장) 정말 친절한 마   100
음씨를 가지신 분이야. 어떤 여자라도 저렇게 친절한 마음씨를
가지신 분에게는 물불을 가리지 않고 뛰어들 거야. 하지만 난 내
주인님이 앤을 차지했으면 좋겠어. 아니면 슬렌더 씨가 차지해도
좋고, 혹은 정말이지 펜튼 씨가 차지해도 좋아. 그들 세 사람 모
두를 위해 난 내가 할 수 있는 일을 해야지. 왜냐면 내가 그러겠   105
다고 약속했으니까. 약속한 말처럼 해야지 ─ 특히 펜튼 씨를 위
해서는 말이야. 그런데, 내가 폴스타프 경에게 두 부인으로부터
받은 심부름을 가야 하는데 ─ 이렇게 늑장을 부리다니 나도 참
짐승만도 못한 인간이지!   (퇴장)

5장

폴스타프 등장

폴스타프 이봐, 바돌프!

바돌프 등장

바돌프 여기 왔습니다, 나리.
폴스타프 가서 술 한 쿼트만 가져다 줘. 그 위에 토스트를 얹어서.

(바돌프 퇴장)

내가 도대체 손수레에 담긴 푸줏간 내장 쓰레기처럼 바구니에 담
겨서 템스 강에 내던져지려고 이때까지 살아왔단 말인가? 좋아,
내 또 한 번 그런 속임수에 당한다면, 내 뇌를 꺼내 버터를 발라서
개에게 새해 선물로 줘버릴 테야. 젠장, 그 못된 것들이 눈먼 암캐
의 새끼 강아지 열다섯 마리를 쓰레기통에 빠뜨리듯이, 조금도 양
심의 가책도 없이 나를 강 속에 밀어 넣었어. 알다시피 내가 덩치
가 커서 잽싸게 가라앉고 말았지. 바닥이 지옥만큼 깊었다면, 나
는 익사하고 말았을 거야. 내가 물에 빠졌었지만, 해변이 완만한
경사에다가 수심이 낮아서 다행이지 — 끔찍하게 내가 싫어하는
죽음이야. 물이 시체를 부풀릴 테니까 — 내가 물에 불어터진 꼴
이었다면, 얼마나 가관이었을까? 산더미만한 미라 같았을 거야!

바돌프 퀴클리 부인이 오셨는데요, 나리, 드릴 말씀이 있대요.   15

폴스타프 자, 템스 강물에 술 좀 부어야겠어. 콩팥 식히려고 알약 대신

눈송이를 삼킨 것처럼 내 배가 차갑다니까. ─ 들어오라고 해.

바돌프 들어오시랍니다, 부인.

퀴클리 부인 등장

퀴클리 부인 실례합니다, 방해해서 죄송해요! 좋은 아침이에요, 나리.

폴스타프 이 잔들은 치워. 가서, 맛을 잘 내서, 반 갤런들이 술을 가져와.   20

바돌프 계란을 넣을까요, 나리?

폴스타프 아무것도 섞지 마. 난 술에다 계란 안 넣어. (바돌프 퇴장)

어쩐 일이시오?

퀴클리 부인 아 예, 나리, 포드 부인이 보내서 왔어요.

폴스타프 포드 부인이라고? 포드, 여울은 이제 지긋지긋 해. 내가 포드   25

에 던져졌잖아. 그리고 내 배는 포드 물로 가득 찼어.

퀴클리 부인 아 참말로, 가엾은 부인, 그건 포드 부인 잘못이 아녜요. 포

드 부인은 하인들을 몹시 나무라셨어요. 하인들이 부인의 지시를

잘못 알아들었거든요.

폴스타프 나도 잘못 알아들었지, 그 멍청한 여자의 약속을 믿었으니.   30

퀴클리 부인 그런데요, 나리, 포드 부인께서는 그것에 대해 어찌 애통해

하시는지, 나리께서 보시면 마음이 측은해지실 거예요. 그녀의

남편이 오늘 아침 새 사냥을 나가는데요. 나리께서 여덟 시에서

아홉 시 사이에 한 번 더 와주셨으면 한답니다. 그녀에게 약속을
35   빨리 전해드려야 해요. 그녀가 보상을 할 겁니다, 장담해요.

폴스타프 그러면, 내가 그녀를 찾아가야지. 그녀에게 가겠다고 말하시
오. 그리고 남자가 어떤 존재인지를 생각하라고 말해주시오. 그
녀에게 남자의 약점에 대해 생각해보고 나서, 나의 장점을 판단
하라고 하시오.

40 **퀴클리 부인** 그녀에게 말씀드릴게요.

폴스타프 그렇게 해요. 아홉 시에서 열 시 사이라고 했소?

퀴클리 부인 여덟 시에서 아홉 시 사이입니다, 나리.

폴스타프 좋소, 가봐요. 내 꼭 가리다.

퀴클리 부인 무사하시길 빕니다, 나리.

45 **폴스타프** 브룩이란 자에게서 소식이 없으니 이상하군. 그가 나보고 안에
서 기다리라고 전갈을 보냈지. 그자의 돈이 썩 맘에 들거든. —
오, 여기 그가 오는군.

브룩으로 변장한 포드 등장

포드 안녕하십니까, 나리.

폴스타프 자, 브룩 씨, 나와 포드 부인 사이에 어떤 일이 있었는지 알기
50   위해 오셨군.

포드 정말로 그렇습니다, 존 경, 그게 바로 제가 할 일이니까요.

폴스타프 브룩 씨. 당신에게 거짓말은 하지 않겠소. 그 여자가 내게 약속
한 시간에 그녀의 집에 갔었지요.

포드 그래 성공하셨나요?

폴스타프 매우 불쾌하게도, 브룩 씨. 55

포드 어찌 되었나요, 나리? 그녀의 마음이 변했던가요?

폴스타프 그렇지 않소, 브룩 씨, 하지만 은밀하게 감시하는 오쟁이 진 그
녀 남편이 말이야, 브룩 씨, 질투에 사로잡혀 경계를 늦추지 않고
있다가, 우리가 만나는 순간 나에게 달려든 거요. 우리가 포옹하
고, 키스하고, 애정 선언을 한 후에, 말하자면 우리 희극의 서막 60
을 말한 후에 말이요. 그리고 그자는 뒤꿈치에 한 무리의 패거리
를 달고 와서는, 화가 나서 이리저리 부추기고 선동하여 마누라
애인을 찾는다고, 정말이지, 온 집안을 다 뒤졌지 뭐요.

포드 뭐라고요, 당신이 거기 있을 때 말인가요?

폴스타프 내가 거기 있을 때 말이요. 65

포드 그런데 그자가 온통 뒤졌는데도, 당신을 찾을 수 없었단 말이죠?

폴스타프 내 말 좀 들어보소. 다행히도 페이지 부인이라는 여자가 들어
와서는 포드가 온다는 정보를 알려줬소. 그러자 포드 부인은 당
황하고, 페이지 부인이 꾀를 내서, 나를 빨래 광주리에 실었단 말
이요. 70

포드 빨래 광주리라고요?

폴스타프 그렇다니까, 빨래 광주리요! 더러운 셔츠, 겉옷, 양말, 더러운
스타킹, 기름때 전 냅킨들로 가득 찬 곳에 나를 쑤셔 넣었단 말이
요. 브룩 씨, 그래서 이제까지 내 코가 맡아본 가장 지독한 냄새
를 가진 물질 속으로 말이오. 75

포드 그래 거기에 얼마 동안이나 누워계셨지요?

폴스타프 아니, 내 말 좀 들어보소, 브룩 씨, 당신을 위해서 이 여자를

악행에 빠뜨리려다가 내가 당한 내용을 말이요. 그렇게 광주리
안에 쑤셔 박혀 있는데, 그 여주인이 나를 더러운 옷가지라는 이
름으로 대치트 목장으로 나르라고 포드의 하인, 종놈 두 명을 불
렀다오. 그놈들이 나를 어깨에 메었는데, 문간에서 그 질투 많은
악당 주인 놈을 만난 거요. 그자는 광주리 안에 뭐가 들었는지 한
두 번 그자들에게 묻더군. 난 그 미치광이 악당 놈이 광주리를 뒤
질까봐 무서워서 온 몸을 떨었소. 하지만 운명이 그자를 오쟁이
진 남편으로 만들기로 했는지, 그의 손을 제지했다오. 그래서 그
자는 집안을 계속 뒤졌고, 나는 더러운 빨래가 되어 달아났던 거
요. 하지만 다음 얘기를 들어봐요, 브룩 씨, 나는 세 가지 각기 다
른 죽음의 고통을 겪었어요. 첫째는 견딜 수 없는 두려움, 저 질
투심 많고 썩어빠진 거세 양에게 들키지 않을까 하는 두려움이
요. 다음은 한 펙[46]짜리 그릇에 담긴 상태인 멋진 빌보 검처럼 휘
어진 채, 칼자루는 칼끝에 발꿈치는 머리에 까지 닿을 만큼 고통
을 겪었지. 그리고 내 기름 속에서 발효 중인 썩어가는 옷가지와
함께 강하게 증류되듯이 압착되어 질식될 뻔했어요. 생각 좀 해
봐요. 나 같은 신장형 체질의 인간은, 생각해보라니까 — 버터처
럼 열에 약하고, 끊임없이 녹고 용해되는 인간형이거든요. 질식
되지 않은 게 기적이지. 그리고 목욕이 절정인 상태에서, 네덜란
드 음식처럼 기름에 반 이상 끓인 채 — 템스 강에 던져지고, 말
편자처럼 불 속에서 뜨겁게 달궈진 상태에서 식혀졌다니까요 —
생각 좀 해봐요 — 쉬익 소리가 날만큼 뜨거웠다니까요 — 생각

---

46. 펙(peck)은 중량단위로 4/1 부셸(bushel)에 해당되며, 곡물 등의 단위로 사용됨.

좀 해보시라니까, 브룩 씨.

포드 진심으로, 나리, 저를 위해 이 모든 일을 당하셨다니 죄송합니다. 그렇다면 제 부탁은 가망이 없군요. 더 이상 그녀에게 시도하지 않으시겠군요?

폴스타프 브룩 씨, 내가 이렇게 그녀를 떠날 바에야 차라리 템스 강에 던져진 것처럼, 에트나[47] 화산에 던져지겠소. 그녀 남편이 오늘 아침에 새 사냥을 갔다오. 그녀에게서 또 만나자는 전갈을 들고 사람이 왔었소. 시간은 여덟 시에서 아홉 시 사이요, 브룩 씨.

포드 벌써 여덟 시가 지났는데요, 나리.

폴스타프 그런가요? 그렇다면 약속 장소로 가봐야겠군. 편리한 시간에 오시면, 진척 상황을 알려드리겠소. 그리고 결론은 당신이 그녀를 즐기는 걸로 정점을 찍을 거요. 잘 계시오. 당신은 그녀를 차지하게 될 거요, 브룩 씨, 당신이 포드를 오쟁이 진 남편으로 만들 거요.   (퇴장)

포드 흠! ─ 하! 이게 환상이야? 꿈이야? 내가 잠이 들었나? 포드 씨, 일어나, 일어나라고, 포드 씨! 이거 봐, 포드 씨, 당신의 최상품 코트에 구멍이 났다고. 결혼하면 이 꼴이라니까. 아마포와 빨래 광주리를 갖고 있으면 이 꼴을 당한다니까! 좋아, 내가 누군지를 알려주겠어. 그 호색한을 당장 잡아야지. 내 집안에 있으니 내게서 빠져나가진 못하겠지 ─ 달아나는 건 불가능할 거야. 그자가 잔돈 지갑이나 후추 상자 안으로 기어들어갈 순 없겠지. 하지만 그 자식을 안내하는 악마가 도와주지 못하도록, 숨는 게 불가능

---

47. 에트나(Etna)는 시실리(Sicily)에 있는 유명한 화산이다.

하다고 여겨지는 장소들까지도 찾아봐야지. 내가 오쟁이 진 남편인 내 처지를 벗어날 순 없겠지만, 내가 원치 않는 존재가 된다고 해서, 날 온순하게 만들 수야 없지. 화가 나서 미치게 만드는 뿔을 내가 갖게 된다면, 속담대로 ─ 뿔로 받아 버려야지.

125

4막

1장

페이지 부인, 퀴클리 부인, 윌리엄 등장

페이지 부인 그자가 포드 집에 이미 와 있으리라고 생각해요?

퀴클리 부인 지금쯤 틀림없이 와 있거나, 아니면 곧 올 거예요. 하지만 정말로 그자는 물속에 던져진 것에 대해 몹시 화가 나 있어요. 포드 부인은 당신이 당장 오시길 바라세요.

5 **페이지 부인** 그녀에게 곧 갈게요. 우리 아이를 학교에 데려다만 주고요. 저 봐요. 아이 선생님이 오시네. 오늘이 노는 날인가 봐요.

에번스 등장

안녕하세요, 휴 목사님. 오늘 수업 없으세요?

에번스 없어요, 슬렌더 씨가 아이들을 놀리자고 부탁을 해서요.

퀴클리 부인 그 양반 마음씨도 좋으시네!

10 **페이지 부인** 휴 목사님, 우리 남편이 그러는데, 우리 아들이 도대체 교과서를 이해하지 못한다는 거예요. 제발 좀, 그 애에게 라틴어 문법에 대해 질문 좀 해보세요.

에번스 윌리엄, 이리 오너라. 머리를 들어봐, 어서.

페이지 부인 어서, 얘야, 머리를 들어. 선생님께 대답해 봐. 무서워 말고.

15 **에번스** 윌리엄, 명사에는 몇 개가 있지?

윌리엄 두 개요.

퀴클리 부인 정말로, 난 하나 더 있는 줄 알았네. 사람들이 '망할'이라고 할 때 '하나님의 명사'[48] 이렇게 말하잖아.

에번스 제발 조용히 좀 해요! 윌리엄, '아름다운'이 뭐지?

윌리엄 '풀케르'요.   20

퀴클리 부인 '폴캣츠'라고? 족제비보다 더 아름다운 것들이 있지, 있고 말고.

에번스 당신 정말 단순한 여자네. 제발, 입 좀 다물어요. '라피스'가 뭐지, 윌리엄?

윌리엄 '돌'이요.   25

에번스 그럼 '돌'은 뭐지?

윌리엄 '자갈'이요.

에번스 아니, '라피스'지. 머리 안에 잘 기억해두어라.

윌리엄 라피스.

에번스 잘했다. 윌리엄, 그럼 관사를 빌려주는 건 뭐지?   30

윌리엄 관사는 대명사에서 빌려와요. 그리고 이렇게 변하죠. 단수 주격 이 '히크, 해크, 호크'

에번스 주격은 히그, 해그, 핵, 호그 이렇다. 잘 알아둬. 소유격은 '후이우스' 그럼, 목적격은 뭐지?

윌리엄 목적격은 '힝크.'   35

에번스 제발 잘 기억해둬라, 얘야. 목적격은 힝, 행, 호그.

퀴클리 부인 '행-호그'는 라틴어로 베이컨이네요, 분명히.

---

48. ''OD's nouns'는 'By God's wound'에 대한 완곡한 형태이다.

에번스 제발 입 좀 다물어요, 부인. 호격은 뭐지, 윌리엄?

윌리엄 아, ─ 호격 ─ 아.

40 **에번스** 기억해라, 윌리엄. 호격은 '카레트'야.

퀴클리 부인 그건 좋은 당근이지.

에번스 부인, 그만둬요.

페이지 부인 조용히 좀 해요.

에번스 소유격 복수형은 뭐지, 윌리엄?

45 **윌리엄** 소유격요?

에번스 그래.

윌리엄 소유격은 호룸, 하룸, 호룸.

퀴클리 부인 저런 망할 '소유 년 거시기 같으니라고', 못된 년! 얘야, 제
　　　　발 그 갈보, 이름도 부르지 마라.

50 **에번스** 창피한 줄 아세요, 부인.

퀴클리 부인 애한테 그런 말들을 잘못 가르치고 있어요. ─ 애보고 히
　　　　크, 해크하라고 가르치는데, 술 먹어서 딸꾹질하고 여자랑 재미
　　　　보는 건 저절로 금방 하는 거지. 그리고 '매음'이라니! ─ 당신
　　　　너무했소!

55 **에번스** 아니 부인, 당신 미쳤소? 격도 모르고, 여성, 남성, 단수, 복수도
　　　　몰라요? 당신은 딱 내가 바라던 바보 기독교인이구려.

페이지 부인 (퀴클리 부인에게) 제발 조용히 좀 있어요.

에번스 자, 윌리엄, 대명사 격변화를 몇 개 말해봐라.

윌리엄 정말로, 잊어버렸어요.

60 **에번스** 쿠이, 쿠에, 쿠오드야. 너 쿠이, 쿠에, 쿠오드를 잊어버리면 매 맞

는다. 가서 놀아라, 어서.

페이지 부인 제가 생각했던 것보다 잘하네요.

에번스 기억력이 아주 좋아요. 안녕히 계세요, 페이지 부인.

페이지 부인 안녕히 가세요, 휴 목사님.   (에번스 퇴장)

얘야, 넌 집에 가거라.   (윌리엄 퇴장) 65

어서, 너무 오래 머물렀네.   (퇴장)

2장

폴스타프와 포드 부인 등장

폴스타프　포드 부인, 당신의 슬픔이 내 고통을 완전히 잊게 해주었소. 이
　　　　제 당신이 사랑에 충실한 걸 알았으니, 단지 사랑의 행동에서뿐
　　　　만 아니라, 포드 부인, 사랑의 예절, 찬사, 격식에서도 한 치도 어
　　　　김없이 보답할 것을 공언하는 바요. 하지만 당신 남편은 이제 확
5　　　실한 거요?

포드 부인　새 사냥을 나갔어요, 다정한 존 경.

페이지 부인　(안에서) 이봐요, 친구 포드 부인! 이거 봐요!

포드 부인　방으로 들어가세요, 존 경.　　　　　　　　　　(폴스타프 퇴장)

페이지 부인 등장

페이지 부인　이봐요, 어찌된 셈이에요, 집에 당신 말고는 누구 없나요?

10　**포드 부인**　왜요, 하인들 말고는 없어요.

페이지 부인　정말요?

포드 부인　없어요, 확실히. ― (속삭인다.) 더 크게 말해요.

페이지 부인　진정, 여기에 아무도 없다니 다행이에요.

포드 부인　왜 그래요?

15　**페이지 부인**　왜라니요, 부인, 당신 남편의 예전 광증이 다시 발작했어요.
　　　　그 양반 저기에서 화가 잔뜩 나가지고 우리 남편에게 떠벌이고

있어요. 모든 결혼한 사람들에게 욕을 퍼붓고, 용모가 어떻든지 모든 이브의 딸들을 저주하고, '뿔아 나타나라, 뿔아 나타나라!' 이렇게 외치면서 자신의 이마를 치고 있어요. 제가 이제까지 보았던 어떤 광증도 지금 그가 터뜨리는 화에 비하면 유순하고, 공 20 손하고, 인내심 있는 것처럼 보인다오. 그 뚱보 기사가 여기 없어서 다행이에요.

포드 부인 왜요, 우리 남편이 그분에 대해 말하던가요?

페이지 부인 그분 얘기만 해요. 그리고 지난번에 수색했을 때 그분이 광주리에 실려 나간 게 틀림없다고 단언하고 있어요. 그분이 지금 25 여기에 있다고 내 남편에게 항의하고, 의혹에 대해서 한 번 더 시도를 해보겠다고 내 남편과 나머지 일행을 사냥에서 데리고 온대요. 하지만 그 기사 분이 여기 안 계셔서 다행이에요. 이제 그 양반 자신의 어리석음을 알게 되겠죠.

포드 부인 그가 얼마나 가까이 왔나요, 페이지 부인? 30

페이지 부인 아주 가까이, 도로 끝에 와 있어요. 곧 여기에 도착할 거예요.

포드 부인 전 망했어요. 그 기사 분이 여기 있어요.

페이지 부인 아니, 그럼, 당신 참 창피도 하지. 그분은 이제 죽은 목숨이에요. 당신 도대체 무슨 여자요! 그를 도망치게 해요. 도망치게 하라니까. 살인보다야 망신당하는 게 낫지. 35

포드 부인 그분이 어디로 가셔야 하나요? 제가 어떻게 그분을 숨겨야 하나요? 다시 광주리에다 넣을까요?

폴스타프 등장

폴스타프 아니, 광주리에는 더 이상 안 들어가겠소. 그가 오기 전에 나갈
수 없겠소?

페이지 부인 아, 안 돼요. 포드 씨 형제 분 셋이서 총을 들고 문간을 지
키고 있어요. 아무도 나가지 못하게. 그렇지 않다면야 그가 오기
전에 빠져나갈 수 있겠지만요. — 하지만 어떻게 하시겠어요?

폴스타프 어떻게 하지? 굴뚝으로 기어 올라가겠소.

포드 부인 그 양반들 항상 그곳에서 새총을 쏘아대요. 가마 구멍 속으로
기어 들어가세요.

폴스타프 그건 어디 있소?

포드 부인 틀림없이, 남편이 거기도 뒤질 거예요. 찬장, 금고, 상자, 가
방, 우물, 지하실 다 안 돼요. 남편은 그런 장소를 기억하기 위해
서 목록을 갖고 있고, 메모해 가면서 하나씩 뒤질 거예요. 이 집
안에 당신이 숨을 장소는 없어요.

폴스타프 그렇다면 밖으로 나가야지.

페이지 부인 있는 모습 그대로 나갔다간, 죽어요, 존 경 — 변장하고 나
가지 않는다면.

포드 부인 우리가 저분을 어떻게 변장시킬 수 있을까요?

페이지 부인 아 참말로, 난 모르겠는데요. 저 양반에게 맞을 만큼 큰 여
자 가운이 없어요. 여자 가운만 있다면, 모자, 목도리, 머리 수건
을 걸치고 빠져나갈 텐데.

폴스타프 제발, 묘안을 짜보세요. 봉변당하는 것보단 어떤 비상 책이라
도 좋소.

포드 부인 우리 집 하녀의 아주머니, 브렌포드[49]의 뚱뚱보 여자 가운이

위층에 있어요.

페이지 부인 틀림없이, 이 분에게 딱 맞을 거예요. 그 여자 분도 이 기사
님만큼이나 덩치가 크니까 — 그리고 그녀의 술이 달린 모자하
고 목도리도 있어요. — 어서 뛰어 올라가요, 존 경.

포드 부인 가세요, 어서, 다정한 존 경. 페이지 부인과 저는 당신 머리에 65
두를 아마천을 찾아보겠어요.

페이지 부인 빨리요, 빨리! 우리가 곧 가서 입혀 드릴게요. 그동안 가운
을 입으세요.   (폴스타프 퇴장)

포드 부인 저 꼴을 하고 우리 남편과 마주쳤으면 좋겠네. 우리 남편은
브렌포드의 노파를 참지 못해요. 마녀라고 욕하고, 집에 못 들어 70
오게 하고, 그녀를 때리겠다고 협박한 적도 있어요.

페이지 부인 하나님이 저 놈을 당신 남편 몽둥이 쪽으로 인도해주시고,
그 후에는 악마가 그 몽둥이를 휘두르게 하소서!

포드 부인 그런데 우리 남편이 오고 있어요?

페이지 부인 그래요, 아주 진지해요, 그 양반, 그리고 정보를 어떻게 알 75
았는지, 광주리 얘기도 해요.

포드 부인 이렇게 해봅시다. 하인들에게 광주리를 다시 나르게 하고, 문
에서 지난번처럼 남편과 마주치게 하는 거예요.

페이지 부인 안 돼요, 곧 여기에 도착할 거예요. 브렌포드의 마녀처럼 그
를 분장시키러 갑시다.   80

포드 부인 나는 먼저 하인들에게 광주리를 가지고 해야 할 일을 지시해

---

49. 브렌포드(Brentford)는 예전에 브레인포드(Braiford)라는 이름으로 윈저의 동쪽 편
12마일 떨어져 있는 마을이다.

야겠어요. 먼저 올라가세요. 그놈에게 줄 아마천을 가지고 곧장
갈게요.

페이지 부인 그놈 목을 매버려. 음탕한 기사 놈!

85   아무리 혼내도 충분치가 않아.   (포드 부인 퇴장)

우리 증거로 남겨요. 우리가 하게 될 일로,

아낙네들이 명랑하지만 정숙하기도 하다는 증거를.

우린 농담하고 웃어 대지만 부적절한 짓은 안하지.

옛말이 사실이야. '조용한 돼지가 음식찌꺼기 다 먹어치운다' 잖아.

(퇴장)

포드 부인이 존과 로버트와 함께 등장

90   **포드 부인** 여보게들, 가서 광주리를 다시 어깨에 메고 와요. 주인님이 바
로 문간에 와있어. 그분이 자네들 보고 그것을 내려놓으라 하면,
그분 말에 따르고. 빨리, 가요.

존   자, 어서. 들어 올리자고.

로버트 제발 또 다시 기사 양반이 가득 들어 있지 않았으면 좋겠는데!

95   **존**   나도 안 들어 있었으면 좋겠어. 차라리 납덩어리를 나르는 게 낫지.

포드, 페이지, 섈로우, 카이어스, 에번스가 한 쪽 문으로 들어오고,
존과 로버트는 바구니를 들고 다른 쪽 문으로 나간다.

포드   그래요, 하지만 그게 사실임이 판명되면, 페이지 씨, 당신이 날
바보 취급했던 것을 다시 돌려놓을 어떤 방법이라도 있소? — 그
광주리를 내려놔라, 악당들아. 누구 내 아내를 불러와. 광주리 속

에 젊은 놈! 오 너 뚜쟁이 악당 놈들, 한 패, 한 무리, 한 꾸러미가 돼가지고 나에게 음모를 꾸며. 이제 사실대로 말해. 악마라도 부 100 끄러울 테니. — 뭐야, 아내를 불러오라니까! 어서, 어서 데려와. 세탁하러 보내는 것이 얼마나 정숙한 옷인지 보자고!

페이지 아니, 이건 지나치시군요. 포드 씨! 당신을 더 이상 놔두면 안 되 겠소, 꽁꽁 묶어놓든지 해야지.

에번스 이런, 이건 미친 짓이요, 미친 개 만큼이나 미친 짓이라고. 105

샐로우 정말이오, 포드 씨, 이건 정말 안 좋소.

포드 내 말이 바로 그 말이오, 선생.

포드 부인 등장

이리 오시오, 포드 부인 — 정직한 여인, 정숙한 부인, 고결한 존 재인 포드 부인께서 질투심 많은 바보를 남편으로 갖고 계신다 이 말씀! 여보, 내가 근거 없이 의심하는 거요, 그렇소? 110

포드 부인 당신이 그런다고 하나님이 증인을 서주셨으면 좋겠네요. 만약 나를 부정하다고 의심한다면 말이에요.

포드 말 잘했소, 철면피 같으니. 뻔뻔하게 좀 더 있어봐 — 나와라, 이 놈아!

바구니에서 옷가지를 끄집어낸다.

페이지 이건 너무 지나치군. 115

포드 부인 당신 부끄럽지도 않으세요? 그 옷가지 그대로 놔둬요.

포드 내가 네놈을 당장 찾아낼 거다.

에번스 이건 너무해요! 부인의 옷을 들어 올리겠소? 자, 저리 가요!

포드 광주리를 비우란 말이야.

120 **포드 부인** 아니, 이이가, 왜 그래요?

포드 페이지 씨, 내가 남자로서 말하는데, 어제 내 집에서 이 광주리에 실려 나간 놈이 있었소. 그놈이 또다시 여기에 없다는 보장은 없지 않소? 분명히 그 놈이 내 집안에 있소. 내 정보는 사실이오, 내 질투는 온당한 거요. ― 아마천 옷가지를 몽땅 꺼내.

125 **포드 부인** 당신이 거기서 남자를 찾아내면, 그자는 벼룩 모양 으깨져 죽 겠군요.

그들이 바구니를 비운다.

페이지 여기 아무도 없는데.

샐로우 정말이지, 포드 씨, 이건 안 좋소, 이건 당신을 모욕하는 거요.

에번스 포드 씨, 기도하셔야 하고, 마음의 상상을 따라선 안 돼요. 이건

130 질투심이요.

포드 글쎄, 내가 찾는 자가 여기 없네.

페이지 없지, 당신 두뇌 속 말고는 아무 데도 없고말고.

포드 이번 한 번만 내 집 수색을 도와줘요. 내가 찾는 걸 찾아내지 못한다면, 내 경거망동에 대해 편들지 마시오. 나를 영원히 당신 식

135 탁 대화의 조롱거리로 삼아도 좋소. 사람들이 나에 대해 이렇게 말하게 놔둬요. '마누라 정부 놈을 찾는다고 텅 빈 호두까지 수색한 포드만큼이나 질투심이 많다"고. 한 번만 더 내 청을 들어줘

요. 나와 함께 한번 만 더 찾아봅시다.

(존과 로버트가 광주리를 들고 퇴장)

포드 부인 이봐요, 페이지 부인, 그 노파하고 같이 내려와요. 내 남편이
그 방에 들어가신대요. 140

포드 노파라고? 웬 노파지?

포드 부인 아 글쎄, 우리 집 하녀의 아주머니 있잖아요. 브렌포드의 노파!

포드 그 마녀, 왈가닥, 그 사기꾼 할망구! 내 집에 들이지 말라고 했잖
소? 심부름 온 거요? 우리는 단순한 사람들이거든, 점쟁이 농간
으로 무슨 일이 일어날지 알 수가 없어. 그 여자는 마법을 쓰고, 145
주문을 걸고, 적당히 표를 그려가면서, 우리가 이해하지 못하게
사기를 친다고. 우리는 아무것도 알 수가 없어. — 어서 내려와,
이 마녀야. 내려오라니까, 마귀할멈 같으니라고! 내려오지 못해!

포드 부인 안 돼요, 여보! — 신사 여러분, 저이가 저 노파를 때리지 못
하게 해주세요. 150

노파로 변장한 폴스타프, 페이지 부인 등장

페이지 부인 어서 와요, 프랫 할머니, 내 손을 잡아요.

포드 내 저걸 골탕 좀 먹여야지! (그를 때린다.) 내 집에서 나가, 이 마녀
야, 이 걸레, 가방, 족제비, 쭈그렁 바가지 같은 것아, 꺼져. 꺼지
라고! 내가 너에게 주문을 걸겠다, 내가 너에게 점을 쳐주마!

(폴스타프 퇴장)

페이지 부인 당신 부끄럽지도 않아요? 당신이 그 가엾은 여자를 죽인 거 155
같아요.

포드 부인 정말, 그러고 말걸요. 당신 정말 훌륭하시네요!

포드 목매 죽일 마녀 같으니라고!

에번스 정말로, 그 여자 진짜 마녀 같아요. 난 여자가 수염 많은 거 싫어요. 머플러 밑에 수염 난 거 봤어요.

포드 따라오시겠소, 신사 여러분? 제발, 따라오시오, 내 질투의 소산을 좀 봐줘요. 내가 흔적도 없는데 짖어대는 거라면, 내가 다음번에 또 짖어대면 결코 날 믿지 마시오.

페이지 조금만 더 저분의 기분을 맞춰 줍시다. 자, 신사 여러분!

(포드 부인과 페이지 부인 빼고 모두 퇴장)

페이지 부인 사실, 그 사람 아주 불쌍할 정도로 때리던데요.

포드 부인 아니, 맹세코, 그러진 않았어요. 내 생각엔 가장 무자비하게 때렸어요.

페이지 부인 내가 그 몽둥이를 깨끗이 신성하게 해서, 제단 위에 걸어두어야겠어요. 그 몽둥이가 공헌한 바가 많으니까요.

포드 부인 어떻게 생각해요? 여자다움과 양심에 거리끼지 않는 범위에서, 우리가 한 번 더 복수해줄까요?

페이지 부인 그 음란한 마음이 놀라서 그자에게서 틀림없이 빠져나갔을 거예요. 벌금이나 권리회복 같은 게 남아 있어서, 악마가 그자를 완전히 소유한 게 아니더라도, 내 생각에 그자는 다시는 이렇게 허튼 수작을 부리지는 않을 거예요.

포드 부인 우리가 그자를 어떻게 다루었는지 우리 남편들에게 말해줄까요?

페이지 부인 그럼요, 당연하죠. 당신 남편 머릿속에서 상상한 것들을 없

애버리기 위해서라도 해야죠. 우리 남편들이 그 형편없는 부도덕
하고 뚱뚱한 기사 놈을 좀 더 혼내주길 원하면, 우리 둘이 계속 180
집행관 노릇을 해야죠.

포드 부인 내 장담컨대, 우리 남편들이 그자를 공개적으로 망신을 당하
게 할 거요. 내 생각에, 공개적으로 망신을 당하지 않으면 이 장
난이 완전히 끝나지 않을 거예요.

페이지 부인 자, 그럼 그것에 대한 계획을 세우고, 그 다음 본을 떠요. 나 185
는 그 일들이 식게 놔두지는 않을 거예요. (모두 퇴장)

3장

여관 주인과 바돌프 등장

바돌프 나리, 독일 사람들이 나리의 말 세 필을 빌리고 싶다는데요. 공작
님이 내일 궁정에 오신다고 마중을 나가려고 한대요.

여관 주인 웬 공작이 그렇게 남몰래 온다는 거야? 공작이 궁정에 온다는
얘기는 못 들었는데. 내가 그 사람들하고 얘기를 해봐야겠어 —
영어는 할 줄 아나?

바돌프 그럼요, 나리, 불러오겠습니다.

여관 주인 내 말을 빌려주도록 하지, 하지만 제대로 값을 치르게 해야
지. 된통 매운 맛을 보여줘야겠어. 그 사람들 도착하기 1주일 전
부터 방 예약을 했잖아. 내가 다른 손님들을 거절할 수밖에 없었
거든. 그 사람들이 보상해야지, 된통 매운 맛을 보여줘야겠어, 어
서 가자. *(퇴장)*

4장

페이지, 포드, 페이지 부인, 포드 부인, 에번스 등장

에번스 전 이렇게 분별력 있는 여자 분은 처음 보았습니다.

페이지 그래 그자가 두 사람에게 이 편지를 동시에 보냈다는 거요?

페이지 부인 15분 차이도 안 나게 보냈어요.

포드

용서해줘요, 여보. 앞으로는 당신이 하고 싶은 대로 하구려.

당신이 부정하다고 의심할 바에야　　　　　　　　　　　5

차라리 태양이 식었다고 의심하겠소. 이제 당신의 명예는

최근까지도 이단자였던 자에게서,

신앙처럼 확고하게

자리 잡고 있소.

페이지　　　　　　　　　됐어요, 됐어. 그만하시오.　　　　10

잘못을 저지르는 것만큼이나 잘못을 비는 것도 지나치지 않는 게

좋아요.

하지만 우리의 계획을 진행합시다. 한 번 더 아내들에게

공개적으로 재미거리를 꾸미게 합시다.

이 늙은 뚱보 놈과 만날 약속을 정하고,

현장에서 우리가 그자를 잡아 그놈 망신을 주는 거요.　　　15

포드 아내들이 말한 것보다 더 좋은 방법은 없어요.

페이지 어떻게요? 아내들이 그자에게 숲에서 한밤중에 만나자는 전갈을

보내겠다고? 에이, 천만에, 그자가 절대 안 올걸요.

에번스 그자가 강물에 던져졌고, 노파가 되어 흠씬 두들겨 맞았다면서요.

20   내 생각에 그자는 공포에 질려서 오지 않을 거요. 육신이 벌을 받

아서, 욕정도 남아있지 않았을 거요.

페이지 나도 그렇게 생각해요.

포드 부인

당신들은 그자가 오면 어떻게 처리할 것인지만 궁리하세요.

그리로 데려올 방법은 우리 둘이서 짜낼 테니까요.

페이지 부인

25   옛날이야기에 의하면 예전에,

여기 윈저 숲의 숲지기인 사냥꾼 허언이,

겨울 내내, 조용한 한밤중이면,

커다란 뾰족 뿔을 달고 떡갈나무 둘레를 돌아다닌대요.

거기서 나무를 죽이고, 가축에게 마법을 걸고,

30   젖소에게서 피를 짜게 하고,

가장 무시무시하고 끔찍하게 사슬을 흔들어댄대요.

그런 정령 얘기 들어보셨죠, 그리고 잘 아실 거예요.

미신을 믿는 어리석은 옛날 사람들이

이 사냥꾼 허언의 이야기를 사실로 받아들이고

35   우리 세대에게 전달해 주었다는 것 말이에요.

페이지

물론, 지금도 많은 사람들이 깊은 밤에

이 허언의 떡갈나무 옆을 걷기를 무서워하거든.

그런데 그게 어쨌다는 거지?

포드 부인 아니 저런, 이게 바로 우리의 계획이거든요.

그 떡갈나무에서 우리가 폴스타프를 만나는 거예요.   40

그자는 머리에 커다란 뿔을 달고 허언처럼 변장을 하고서요.

페이지

글쎄, 그자가 오는 것은 틀림없다 치고,

그런데 그런 모습을 한 그자를 거기로 데려왔을 때,

그자를 어떻게 할 거요? 당신 계획이란 게 뭐요?

페이지 부인

우리가 똑같이 생각한 바가 있는데, 이런 거예요.   45

내 딸 낸 페이지와 어린 아들,

그리고 그 애들 덩치만한 아이들 서너 명을, 꼬마 귀신, 꼬마 도
깨비, 요정처럼

녹색과 흰색 옷을 입히는 거예요.

머리에는 밀랍 촛불로 만든 둥근 관을 씌우고

손에는 딸랑이를 들게 하고요.   50

폴스타프와 포드 부인하고 내가 막 만났을 때,

아이들이 노래를 나누어 부르며 갑자기

톱질 구덩이 속에서 한꺼번에 뛰쳐나오게 하는 거예요.

그들 모습을 보고 우리 둘은 크게 놀라 달아날 겁니다.

그런 다음 아이들이 그 불결한 기사 놈을 원으로 둘러싸고서,   55

요정처럼 꼬집는 거죠.

그리고 그에게 왜, 요정이 축제를 벌이는 시간에,

그들의 신성한 길에서 속세인의 모습으로

감히 걸어 다니느냐고 묻는 거예요.

60 **포드 부인** 그러면 그자가 사실을 말할 때까지,

가짜 요정들이 그자를 실컷 꼬집고

촛불로 지져주는 거예요.

페이지 부인   사실이 밝혀지면,

우리가 모습을 드러내고, 그 유령 뿔을 뽑아버리고,

65 그자를 놀려대며 윈저로 데려오는 거죠.

포드   아이들이 이걸 단단히

연습해야겠군. 그렇지 않으면 일을 그르치고 말테니까.

에번스 내가 아이들에게 어떻게 행동할지 가르쳐줘야겠어. 나도 원숭이

처럼 변장해서 그 기사 놈을 촛불로 지져줘야지.

70 **포드** 거 아주 좋아요. 나도 아이들에게 줄 가면을 사러가야지.

페이지 부인

내 딸 낸은 요정 여왕을 시키겠어요.

하얀 예복으로 멋지게 차려 입혀야죠.

페이지 그 비단 옷은 내가 사러 가리다 － (방백) 그리고 슬렌더가

그 복장을 한 우리 딸 낸을 몰래 데리고 도망쳐서,

이튼에서 결혼하도록 해야지. － 가서, 당장 폴스타프에게 사람

75 을 보내시오.

포드

아니, 내가 브룩이라는 이름으로 그자에게 한 번 더 가겠소.

그자는 나에게 자기 의도를 전부 말할 거요. 반드시, 그자가 올 거요.

페이지 부인

그 점은 걱정 마세요. 가서 소품들하고

요정 분장을 위한 장신구도 가져오세요.

에번스 그럼 시작합시다. ─ 이것은 대단히 기쁜 일이고, 매우 정직한 장 80

난이요.　　　　　　　　　　　　　　(페이지, 포드, 에번스 퇴장)

페이지 부인　어서요, 포드 부인.

존 경에게 그자의 마음을 파악하기 위해서 어서 사람을 보내요.

(포드 부인 퇴장)

나는 의사에게 가봐야지. 난 그 사람이 마음에 들거든,

그 의사 말고는 아무도 낸하고 결혼시킬 수 없어. 85

그 슬렌더란 사람은 토지는 많지만, 천치거든 ─

그런데 내 남편은 그 사람을 가장 좋아한단 말이야.

그 의사는 돈도 많은 데다, 그의 친구들이 궁정에서

막강하지. 그 사람 말고는 아무도 딸애를 차지할 순 없지.

더 훌륭한 사람 2만 명이 와서 그 애에게 청혼한다고 해도 말이야. 90

(퇴장)

5장

여관 주인과 심플 등장

여관 주인 어이, 시골뜨기, 뭣 때문에 왔어? 무슨 일이냐고, 돌대가리야?
어서 말하고, 내뱉고, 논해보라고 ─ 간략하게, 짧게, 빨리, 즉시.

심플 정말로, 나리, 슬렌더 씨의 심부름으로 존 폴스타프 경을 뵈러 왔
습니다.

5 **여관 주인** 저기가 그의 침실이자, 집, 성, 고정 침대이자 이동침대이기도
하지. 새로 그린 탕자 이야기[50] 그림이 그려져 있어. 가서 노크하
고 불러봐. 그 양반이 식인종처럼 자네에게 말을 할 거야. 노크를
해보라, 이 말씀이야.

심플 노파 한 분이, 뚱뚱한 여자 한 분이 그분 침실로 올라갔는데요.
10 실례가 안 된다면 그녀가 내려올 때까지 기다리겠습니다. 사실
그 노파 분께 말씀드리러 왔거든요.

여관 주인 하? 뚱뚱한 여자라고? 그 기사 양반을 강도 맞은 모양이네. 내
가 부르지. ─ 대장 기사님, 대장 존 경! 군인다운 허파로 말해보
시오. 거기 계십니까? 여관 주인이자 당신의 좋은 친구인 제가 부
15 르는 겁니다.

폴스타프 (위층에서) 웬일이오, 주인 양반?

여관 주인 여기 보헤미안 타르타르인 같은 야만인 한 놈이 그 뚱보 여자

---

50. 성경 누가 복음 15장 탕자 아들에 대한 우화 그림은 벽화에 선호되었다.

가 내려오기를 기다리고 있어요. 그녀를 내려보내요, 대장님, 내려보내라고요. 우리 여관방은 명예로운 곳입니다. 젠장! 사생활이라고요? 안 되죠!

20

폴스타프 등장

폴스타프 주인 양반, 그 뚱뚱한 노파는 방금 전까지도 나와 함께 있었는데 가버렸소.

심플 그런데, 나리, 혹시 그분이 브렌포드의 점쟁이 여인이 아닌가요?

폴스타프 그래, 맞아, 이 조개껍데기 같은 놈아. 네가 그 여자하고 뭘 어쩌려고?

심플 저의 주인님께서요, 나리, 저의 주인님이신 슬렌더 씨가 저보고 그녀에게 가보라 하셨어요. 그녀가 거리를 통과해가는 것을 보시고는, 님이라는 자가 우리 주인님의 시곗줄을 사취해갔는데, 그 자가 그 시곗줄을 갖고 있는지 아닌지 알아보려고요.

폴스타프 내가 그 노파하고 그에 대해서 얘기해봤지.

심플 그래 뭐라던가요, 나리?

폴스타프 정말로, 그녀가 그러더군. 슬렌더 씨에게서 시곗줄을 사취해간 바로 그놈이 ─ 그를 속여먹었다는 거야.

심플 제가 그 여자 분과 직접 말을 할 수 있었으면 좋겠는데요. 주인님이 그녀에게 알아보라는 다른 일들이 또 있어서요.

폴스타프 그게 뭔데? 우리에게 털어놔 봐.

여관 주인 그래, 어서. 빨리!

심플 그걸 감출[51] 수는 없습니다, 나리.

여관 주인 감추고 있어, 그럼 넌 죽음이야.

40 **심플** 그런데요, 나리, 그게 다만 앤 페이지 양에 관한 건데요. 우리 주인님의 운명이 그녀를 차지할지 못할지를 알아내는 것이죠.

폴스타프 그야 그 사람 운명이지.

심플 뭐라고요, 나리?

폴스타프 그녀를 차지할지 못할지는 운명이라고. 가서, 그 여자가 나에게 그렇게 말했다고 전해.

45

심플 제가 감히 그렇게 말해도 될까요, 나리?

폴스타프 물론이지. 잡종견 나리, 자네보다 더 대담할 자가 누가 있겠어?

심플 고맙습니다, 나리. 이 소식을 들으면 주인님이 기뻐하실 겁니다.

(퇴장)

여관 주인 당신 참 학자처럼 유식하십니다, 존 경, 그 점쟁이 여자랑 같이 있었나요?

50

폴스타프 그럼요, 같이 있었지요, 주인 양반. 내 평생에 걸쳐 이전에 배웠던 것보다 더 많은 재치를 가르쳐주었다오. 돈 한 푼 안내고 말이오, 오히려 내가 배웠으니 돈을 받은 셈이지.

바돌프 등장

바돌프 젠장, 이를 어쩌죠, 나리. 사기예요, 완전 사기 당했어요!

55 **여관 주인** 내 말들은 어디 있는 거냐? 말들에 대해 좋은 말 좀 해봐, 이것아.

---

51. 심플은 누설하다(reveal)는 단어 대신 감추다(conceal)는 단어를 잘못 사용하고 있다.

바돌프 사기꾼들하고 달아났어요. 내가 이튼을 지나자마자, 그놈들이 날 뒤에서, 그놈들 중 한명이 날 진흙 구덩이 속으로 떨쳐버렸어요. 그리고 박차를 가해 달아났어요. 세 명의 독일 악마, 세 명의 파 우스트 박사처럼 달아났다고요. 60

여관 주인 그 사람들은 단지 공작님을 만나러 간 거야, 이 악당아. 도망 쳤다고 말하지 마. 독일인들은 정직하다고.

에번스 등장

에번스 주인 양반 어디 계시오?

여관 주인 무슨 일이십니까, 나리?

에번스 여관손님들을 조심하시오. 내 친구 한 사람이 읍에 와서 말하는 65 데, 세 명의 독일인 사기꾼이 레딩, 메이든 헤드, 콜부룩의 여관 주인들에게 사기를 쳐서 말들과 돈을 해먹었대요. 내가 호의로 말씀드리는 거요. 조심하시라고. 당신은 현명한 데다, 농담도 잘 하고 놀리기도 잘하시는데, 사기를 당한다면 말이 아니지요. 잘 있어요. (퇴장) 70

카이어스 등장

카이어스 가터 여관 주인 어디 계시오?

여관 주인 여기 있습니다, 의사 선생님, 당혹스럽고 뭐가 뭔지 모른 채 진퇴양난에 처해있지요.

카이어스 무슨 일인지 알 수가 없소만, 정말로, 당신이 독일 공작을 위해

거창한 준비를 한다고 들었소. 사실 말이지만 궁정에서 알기로는 공작이 온다는 말이 없어요. 맹세코, 내가 선의로 말해주는 거요. 잘 있으시오.

여관 주인 어서 도둑이야 소리 좀 질러. 이 악당 놈아. 쫓아가! 기사님, 저 좀 도와주세요, 전 끝장났어요! 빨리 가, 뛰어. 도둑이야, 라고 소리쳐, 이 악당 놈아. 난 망했다고! (여관 주인과 바돌프 퇴장)

폴스타프 세상 사람들 모두 사기 당했으면 좋겠어. 나는 사기도 당하고 두들겨 맞기까지 했으니. 내가 어떻게 변장을 했고, 변장한 몸으로 어떻게 강물에 빠져 몽둥이찜질을 당했는지 궁정사람들의 귀에 들어가면, 그자들은 내 몸에서 지방을 방울방울 녹여서, 날 가지고 어부들 장화에 기름을 바르겠지. 장담컨대, 그자들은 내가 마른 배같이 기가 죽을 때까지 멋진 기지로 나를 두들겨대겠지. 프리메로 카드게임에서 사기를 쳐본 이후론 잘된 일이라곤 없어. 글쎄, 숨이라도 충분히 길게 쉴 수만 있다면, 회개라도 하고 싶군.

(퀴클리 부인 등장)

어, 당신 어디서 오는 거요?

퀴클리 부인 두 부인들에게서 오죠, 정말로.

폴스타프 하나는 악마가 다른 하나는 악마 어미가 잡아가라지. 그것들 둘 다 그렇게 당해봐야지. 내가 그것들을 위해서 엄청 혼났어. 지독하게 변덕스러운 남자의 기질로도 참아내기 어려울 정도 이상으로 말이야.

퀴클리 부인 그럼 두 부인들은 혼나지 않았다는 거예요? 혼났어요, 둘 중 하나인 포드 부인은 특히 시퍼렇게 멍이 들어서, 그녀 몸에서 흰점을 찾아볼 수가 없다고요.

폴스타프 당신 나에게 무슨 멍 얘길 하는 거요? 나는 두들겨 맞아서 온
통 무지개 빛깔이 되었단 말이오. 게다가 브렌포드의 노파로 체
포될 뻔 했어. 하지만 뛰어나게 민첩한 재치 덕분에 노파 연기를 ₁₀₀
잘해서 구조되었지. 악당 순경 놈이 날 마녀라고 형틀에, 형편없
는 형틀에 매달 뻔 했어.

퀴클리 부인 나리, 제가 방에 가서 말씀드리죠. 일이 어떻게 된 건지 들
으시면 틀림없이 만족하실 거예요. 여기 편지 한 통이 어느 정도
는 말해줄 겁니다 − 참말이지, 두 분을 연결해주자니 별일이 다 ₁₀₅
있네요! 분명코, 둘 중에 하나가 하나님을 잘못 모신 모양이에요.
그래서 당신이 실패하는 거라고요.

폴스타프 내 방으로 올라가시오.   (퇴장)

6장

여관 주인과 펜튼 등장

여관 주인 펜튼 씨, 나에게 아무 말 마시오. 마음이 무거우니 ― 만사 포
기해야겠소.

펜튼

하지만 제 말 좀 들어봐요. 제가 목적하는 바를 도와줘요.

그러면, 나도 신사이니만큼, 당신이 손해 본 것보다 많은

5   금화 백 파운드를 드리리다.

여관 주인 들어봅시다, 펜튼 씨. 그러면, 적어도, 난 비밀은 지켜드리죠.

펜튼

이따금 제가 알려드린 것처럼

저는 아름다운 앤 페이지에게 지극한 사랑을 품고 있어요.

그녀도 자신이 선택할 수 있게 된다면 ―

10   내 소망대로, 나의 애정을 받아주겠다는 거예요 ―

그녀에게서 온 편지를 한 통 갖고 있는데

그 내용을 보면 당신도 놀랄 거요.

그 재미있는 일이란 것이 내 문제와 섞여 있어서

그 둘 다를 보여드리지 않은 채 한 가지만 밝힐 수는 없어요.

15   뚱뚱이 폴스타프가 엄청난 일을 당하게 되어 있는데,

그 장난이 어떤 모양이 될지 당신에게

상세히 알려드릴게요. 들어봐요, 착하신 주인 양반.

오늘 밤 허언의 떡갈나무에서, 열두 시에서 한 시 사이에,

나의 사랑스런 낸이 요정여왕 역을 맡아 연기해야 한답니다 ―

그 의도는 여기에 나와 있어요 ―   20

다른 여흥들이 한창 흥에 겨워 진행되는 동안에,

그렇게 변장한 모습으로, 그녀의 아버지가 그녀에게 명령을 내려

슬렌더와 함께 빠져나가 이튼에서

즉시 그와 결혼을 하라고 했답니다 ― 그녀는 동의했죠. 그런데

요, 주인 양반,

그녀의 어머니는 ― 그러한 결합에 대해서는 강하게 반대하고   25

카이어스 의사 쪽에 확고하게 찬성하고 있어서 ― 이렇게 약속

을 했지요.

그 의사도 마찬가지로 사람들이 다른 여흥거리에 정신이 팔렸을

때,

그녀를 데려고 빠져나가 신부님이 있는 성당에서,

즉시 그녀와 결혼하라고 말이에요. 어머니의 계획에 대해

그녀는 마찬가지로, 겉으로는 순종하면서,   30

그 의사에게 약속을 했답니다. 자, 사정은 이래요.

그녀의 아버지는 그녀가 온통 흰색 옷을 입고서

그녀가 그런 복장을 하고 있을 때,

슬렌더가 때를 봐서 그녀의 손을 잡고 그녀보고 가자고 하면,

그녀가 그와 함께 간다는 겁니다. 그녀의 어머니는 ―   35

그 의사에게 그녀가 더 잘 드러나게 하려고,

그들 모두 가면을 쓰고 변장을 해야 하니까요 ─

초록색으로 특이하게 헐렁하게 입히려는 거요.

그녀의 머리에는 번쩍거리는 리본을 매달고 말이오.

40 그러면 그 의사가 유리한 기회를 엿보다가,

그녀의 손을 꼬집고, 그걸 신호로

그녀는 그와 함께 가겠다고 동의했다는 거예요.

여관 주인　그녀는 어느 쪽을 속일 작정인가요, 아버지 혹은 어머니?

펜튼

둘 다지요. 선한 주인 양반. 저와 함께 가기 위해서지요.

45 사정은 이렇습니다. 당신이 목사님을 모셔와

열두 시에서 한 시 사이에, 교회에서 저를 기다리고 있다가,

결혼이라는 합법적인 이름으로,

우리들의 마음을 결합하는 의식을 치르도록 해주시오.

여관 주인

좋소, 당신 계획을 잘 살피시오. 목사님에게는 내가 갈 테니.

50 당신은 그 처녀를 데려와요. 목사님은 오실 거니까.

펜튼

그러면 전 늘 당신에게 신세를 지게 되겠군요?

게다가, 저는 즉각적인 보상도 해드릴 겁니다.　　　　(퇴장)

5막

1장

폴스타프와 퀴클리 부인 등장

폴스타프 제발, 그만 지껄여대고. 가시오, 약속은 지키겠소. 이번이 세 번째니까 ─ 홀수에 행운이 찾아왔으면 좋겠네. 어서, 가버리라 고! 홀수에는 출생이든지, 운수든지, 죽음이든지 신성한 힘이 존 재한다던데. 어서, 가버리라고!

5 **퀴클리 부인** 줄을 하나 마련해드릴게요. 그리고 어떻게든 뿔 둘을 구해 드리겠어요.

폴스타프 어서, 가라니까! 시간이 가고 있잖소. 머리를 번쩍 들고 잰 걸 음걸이로 가요.

(퀴클리 부인 퇴장)

브룩으로 변장한 포드 등장

어쩐 일이시오, 브룩 씨? 브룩 씨, 사태가 오늘 밤 다 알려지든지,
10 전혀 그렇지 않든지 결판이 날 거요. 오늘 밤 자정쯤에, 공원에 있는 허언의 떡갈나무에 가 있으시오. 그러면 놀라운 걸 보게 될 거요.

포드 약속을 하셨다고 말씀하셨듯이, 기사님, 어제 그녀에게 안 가셨 나요?

15 **폴스타프** 아시다시피, 브룩 씨, 갔었지요. 불쌍한 노인네처럼 말이오. 하

지만 브룩 씨, 올 때는 그녀에게서 불쌍한 노파로 돌아왔소. 그녀의 남편인 그 악당 같은 포드 놈이, 이제까지는 광기를 억제하고 있었는데, 글쎄 그놈 몸속에 질투에 미친 악마를 갖고 있더란 말이오. 내가 당신에게 말하는데, 그 자식이 여자 행색을 한 나를 지독하게 두들겨 팼어요. 브룩 씨, 남자 모습을 하고 있었다면 창을 든 골리앗도 두렵지 않죠. 왜냐면 인생이 베틀 북보다 더 빠르다는 걸 나도 또한 알고 있거든. 나는 지금 서둘러야 하오. 나랑 같이 갑시다. 내 전부 다 말씀드리죠, 브룩 씨. 거위 털을 뽑았다든가, 무단결석을 했다든가, 팽이를 쳤던 시절 이후로 최근까지는 두들겨 맞는 게 뭔지도 몰랐단 말이오. 날 따라오시오. 이 악당 포드 놈이 당하게 될 이상한 꼴들을 말해주겠소. 내 오늘 밤 그 자식에게 복수할 거요. 그리고 그 자식 마누라를 당신 손에 넘겨주겠소. 따라오시오 — 곧 이상한 일들이 일어날 테니, 브룩 씨! — 따라와요. (퇴장)

2장

페이지, 섈로우, 폴스타프, 슬렌더 등장

페이지 자, 자, 요정들 불빛을 볼 때까지, 우리는 성 도랑에 숨어 있자고
요. 내 딸을 기억하게, 슬렌더 사위 —

슬렌더 예, 알겠습니다. 그녀와 얘기를 나누었어요. 서로 알아볼 방법으
로 암호를 정했어요. 제가 흰 옷을 입은 그녀에게 가서, '멈'이라
고 외치면, 그녀는 '버짓'이라고 외칠 거예요. 그래서 서로를 알
아보게 될 겁니다.

섈로우 그거 괜찮군. 하지만 자네가 '멈' 하고, 그 애가 '버짓'을 할 필요
가 뭐 있어? 흰색 옷으로도 충분히 알아볼 텐데. — 시계가 열 시
를 쳤군.

페이지 밤이 어두우니까, 빛과 요정들이 밤에 아주 잘 어울리는군. 하나
님 우리 놀이가 성공하게 하소서. 그 악마 놈 말고는 아무도 악의
는 없지. 그자는 우리가 뿔로 알아볼 수 있을 거야. 갑시다. 나를
따라와요.   (퇴장)

3장

페이지 부인, 포드 부인, 카이어스 의사 등장

페이지 부인 의사 선생, 내 딸은 녹색 옷을 입고 있어요. 기회를 봐서, 그
애 손을 잡고 목사관으로 가서 재빨리 식을 올려요. 먼저 공원 안
으로 가요. 우리 둘은 함께 가야 해요.

카이어스 제가 할 일을 잘 알고 있습니다. 안녕히 계세요.　　　　　(퇴장)

페이지 부인 잘 가요, 의사 선생. 우리 남편은 폴스타프를 혼내줘서 즐거 5
워하기보다는, 의사가 딸애와 결혼해서 화를 내게 될 거야. 하지
만 그건 문제가 안 되지. 크게 마음 아픈 것보다야 욕 한번 얻어
먹는 게 낫지.

포드 부인 낸은 지금 어디 있어요? 그리고 요정 일행들은 어디 있죠? 웨
일즈 악마 휴 에번스는 또 어디 있어요?　　　　　　　　　　　 10

페이지 부인 모두 다 허언의 떡갈나무 옆 구덩이에서 단단히 웅크리고
숨어있어요. 불빛을 감추고서. 폴스타프와 우리가 만나는 그 순
간, 등불이 동시에 밤을 환히 밝힐 거예요.

포드 부인 그자가 깜짝 놀랄 수밖에 없겠네요.

페이지 부인 안 놀라면, 놀림을 당하겠죠. 놀라면, 훨씬 더 놀림을 당하 15
겠고요.

포드 부인 멋지게 그자를 배신합시다.

페이지 부인

그렇게 음탕한 놈들하고 호색한들은

배반을 해도 잘못이 아니라니까.

20   **포드 부인** 시간이 다가오네. 참나무 있는 데로 갑시다, 참나무로요!

4장

변장을 한 에번스와 요정 모양을 한 아이들 등장

에번스 으스대며 걸어, 걸어가라고, 요정들아. 어서. 각자 역할을 잊지 말고. 아무쪼록 담대하게 하는 거다. 나를 따라 구덩이 속으로 들어와. 내가 신호를 하면, 내가 시킨 대로 해야 돼. 자, 어서. 으스대며 걸어, 걸어가라고.

5장

폴스타프가 머리에 수사슴 뿔을 달고 등장

폴스타프 윈저 종이 열두 시를 쳤으니, 시간이 다 되어가는군. 자, 피가
끓는 신들이여 나를 도와주소서! 조브 신[52]이여, 그대가 유로파를
위해 황소로 변했던 걸 잊지 마시오. 그대의 뿔 위에 사랑하는 사
람을 얹은 채. 오 강력한 사랑이여, 어느 면에서는 짐승을 인간으
5 로 만들고, 또 다른 면에서는 인간을 짐승으로 만드는. 주피터시
여, 그대는 또한 레다의 사랑을 위해 백조가 되셨죠. 오 전능하신
사랑이여, 신이 그렇게도 거위 얼굴과 가까워지다니! 처음엔 짐
승의 모습으로 잘못을 저지르고 ― 오 조브 신이여, 짐승 같은
잘못 말이요! ― 다음에는 새의 형상으로 잘못을 저질렀죠. 생각
10 을 해보세요, 조브 신이시여, 더러운 잘못을! 신들조차도 욕정에
가득 찬 등을 가졌는데, 가여운 인간은 어찌할까요? 나로 말하자
면, 여기 윈저의 수사슴, 내 생각에 이 숲에서 가장 뚱뚱한 수사
슴이지요. 조브 신이시여, 저에게 시원한 발정기를 보내주세요.
그렇지 않으면 내가 기름을 흘리는 걸 누가 나무랄 수 있겠소?
15 ― 누가 여기 오는군? 나의 암사슴인가?

---

52. 폴스타프는 자신을 조브 신과 동일시하며, 조브 신에 의해 두 명의 속세 여인에게
저질러진 강간을 회상한다.

포드 부인 존 경, 거기 계신 그대는 나의 사슴, 나의 수사슴이신가요?

폴스타프 검은 꼬리 달린 나의 암사슴이군! 하늘이여, 감자 비를 뿌려주
소서. '푸른 소매' 노랫가락에 맞춰 천둥치게 해주고, 키스용 사
탕 우박을 내려주시고, 미나리 눈을 뿌려주소서[53]. 성욕을 자극하
는 태풍아 몰아쳐라, 나는 여기에 숨을 테니.   20

포드 부인 페이지 부인도 저랑 같이 왔다오, 다정한 수사슴.

폴스타프 훔친 수사슴처럼 내 궁둥이 한 짝씩 나를 나눠가져요. 난 양
옆구리만 갖고, 내 어깨는 윈저 숲지기에게 주고, ― 내 뿔은 당
신 남편들에게 넘겨주지. 하, 난 그럼 사냥꾼인가? 내 말투가 사
냥꾼 허언 같소? 아니, 이제 보니 큐피드가 양심 있는 어린애군!   25
보상을 하니 말이야. 나도 진정한 요정으로서, 환영하는 바요!

(안에서 뿔피리 소리)

페이지 부인 아이고 이런, 이게 무슨 소리지?

포드 부인 하나님 우리 죄를 용서해주소서!

폴스타프 이게 뭘까?

포드 부인, 페이지 부인 달아나요, 어서 달아나요!   (모두 달아난다.)   30

폴스타프 악마도 날 지옥에 떨어지지 않게 하려는 모양이군. 내 몸 안의
기름이 지옥을 온통 불바다로 만들지 못하도록 말이야. 그렇지
않고서야 이렇게 날 방해할 수가 있나.

---

53. 감자와 미나리는 최음제로 생각되었으며, 달콤한 사탕은 입안의 숨결을 향기롭게
만들기 위해 사용되었다.

사티로스[54] 모습으로 변장한 에번스와 요정들로 변장한 앤과 아이들,
요정 여왕으로 변장한 퀴클리 부인, 도깨비로 변장한 피스톨 등장

퀴클리 부인

검정, 흰색, 초록, 흰색 요정들아,

35 달빛을 즐기는 자들, 그리고 밤의 정령들아,

정해진 운명의 고아 상속자들아,

너의 역할과 사명을 다하여라.

포고 역할 요정아, 그 요정 좀 조용히 시켜라.

피스톨

요정들아, 너희들 이름을 적어라. 조용히 해. 공기처럼 가벼운 장난
감들아.

40 귀뚜라미 요정, 넌 윈저 굴뚝으로 뛰어다녀라.

제대로 간수하지 못한 불이나, 소제가 안 된 난로를 찾아내거든,

월귤처럼 시퍼렇게 그 처녀들을 꼬집어줘라 ─

우리의 빛나는 여왕님은 더러운 사람하고 더러운 걸 싫어하신단다.

폴스타프

저건 요정들이니, 요정에게 말하는 자는 죽을 거야.

45 눈을 감고 누워있어야지. 아무도 저들이 하는 일을 봐선 안 돼.

에번스

구슬 요정은 어디 있느냐? 너는 가서,

자기 전에 세 번 기도를 올린 처녀를 찾아서,

---

54. 사티로스는 고대 그리스의 신화에서 숲의 신으로 남자의 얼굴과 몸에 염소의 다리
와 뿔을 가진 모습이다.

그녀의 상상력의 기관들을 자극해주고,

걱정 없는 아이같이 깊은 잠을 자게 해줘.

하지만 잠을 자면서도 자기 죄를 생각하지 않는 자들은,　　　　50

꼬집어 줘. 팔, 다리, 등, 어깨, 옆구리 그리고 정강이 할 것 없이.

퀴클리 부인

시작해라, 어서 시작해!

요정들아, 윈저 성을 뒤져라, 안과 바깥을 전부 다.

요정들아, 성스런 모든 방에 행운을 뿌려서,

그 행운이 최후 심판의 날까지 적절하고도 건전한 상태로 지속되

게 하고,　　　　55

소유자가 행운에 어울리고, 행운이 소유자에 어울리게 해라.

기사들의 여러 의자들[55]은

향유와 귀중한 꽃으로 윤이 나게 닦아라.

각 기사들의 아름다운 자리, 문장, 투구 장식,

그리고 충성스런 가문의 문장도 영원히 축복되게 하라.　　　　60

그리고 밤중에, 목초지에서 노니는 요정들아,

가터의 원처럼 둥글게 원을 지어 노래를 해라.

원의 표시는 녹색이 되게 하여,

온 들판보다도 더 비옥하고 신선하게 보이게 해라.

그리고 에메랄드 빛 수풀에, 자주, 파랑, 흰색의 꽃들로,　　　　65

가터 훈장의 좌우명, '악을 생각하는 자 수치를 당할지어다'[56]라

---

55. 윈저성의 성 조오지 예배당(St. George's Chapel)의 합창석에 있는 24개의 의자로 '가터 기사단'(The Order of the Garter)의 각 기사들에게 배정된 의자이다.

고 써놓아라.

잘생긴 기사의 구부린 무릎아래 죔쇠에 달려있는,

사파이어, 진주, 화려한 자수처럼.

요징들은 글씨를 쓸 때 꽃을 사용하거든.

⁷⁰ 가라, 흩어져. 하지만 한 시까지는,

사냥꾼 허언의 떡갈나무 둘레에서

늘 추던 춤을 춰야 하는 걸 모두 잊지 마.

에번스

자, 손을 꼭 잡고, 정돈해서 서봐.

스무 마리 반딧불을 우리의 등불로 삼아

⁷⁵ 나무둘레를 돌며 우리가 춤추는 걸 안내하게 해야지. ―

하지만, 잠깐, 속세의 인간냄새가 나는데.

폴스타프   하나님 저를 저 웨일즈 요정에게서 지켜주셔서, 저자가 저를
치즈조각으로 만들지 못하게 해주소서!

피스톨

이 사악한 벌레 같은 놈, 넌 날 때부터 악하게 타고났어.

퀴클리 부인

⁸⁰ 시험용 불을 그자의 손가락 끝에 대보도록 해.

그자가 정숙하다면, 불꽃이 도로 잦아들어

고통을 느끼지 않을 거야. 그자가 깜짝 놀란다면,

---

56. 가터 기사단의 창시자 에드워드 3세(Edward III)에 의해 전통에 따라 선택된 고대
프랑스어로 된 모토로 '악을 생각하는 자 수치를 당할지어다.'(Shame to him who
thinks evil of it.) 라는 의미이다.

타락한 마음을 가진 살덩이인 거지.

피스톨 시험해봐, 어서.

에번스 자, 이 나무토막에 불이 붙을까? 85

그들이 촛불로 폴스타프의 손가락을 지지자, 그가 깜짝 놀란다.

폴스타프 오, 오, 오!

퀴클리 부인

타락했군, 타락했어, 욕정에 물들어 있어!

요정들아 그자 둘레를 돌며, 조롱하는 노래를 불러라.

돌면서 차례가 오면, 그자를 계속 꼬집어줘라.

요정들의 노래

지긋지긋 해, 죄짓는 연정, 90

지긋지긋 해, 욕정과 음탕!

욕정은 단지 피 끓는 불꽃,

음란한 욕망으로 불타는,

욕정은 마음을 먹이삼아 불꽃이 피어오른다.

생각의 바람이 불면 더 높게 높게 피어오르듯이. 95

요정들아, 그를 꼬집어라, 다같이,

못된 짓 저질렀으니 꼬집어 줘라.

그자를 꼬집고, 불에 지지고, 빙빙 돌려라.

촛불과 별빛과 달빛이 꺼질 때까지.

5막 5장 147

이 노래를 부르는 동안, 그들은 폴스타프를 꼬집는다. 카이어스 의사가 한 쪽으로 들어와 녹색 옷을 입은 소년을 데리고 빠져나간다. 슬렌더는 다른 쪽으로 들어와서 흰색 옷을 입은 소년을 데리고 나간다. 그리고 펜튼이 들어와서 앤 페이지와 빠져나간다. 사냥하는 소리가 안에서 들리자, 모든 요정들이 달아난다. 폴스타프는 수사슴 머리통을 벗어버리고, 일어난다.

페이지, 포드, 페이지 부인, 포드 부인 등장

페이지

100   안 되지, 도망치지 마시오 — 지금 우리가 당신을 딱 잡은 거 같은데.
      사냥꾼 허언 말고는 아무도 당신 편을 안 들겠죠?

페이지 부인

      제발, 이제 농담은 그 정도로 해두세요. —
      자, 존 경, 윈저의 아낙네들이 마음에 드시나요?
      여보, 이것 좀 보시겠어요? (뿔을 가리킨다.)

105   이 예쁜 멍에는
      시내보다는 숲에서 더 잘 어울리지 않나요?

포드 자, 선생, 이제는 누가 오쟁이 진 자요? 브룩 씨, 폴스타프는 악당
      이라오, 오쟁이 진 악당이란 말이오. 브룩 씨, 여기 그의 뿔이 있
      소. 그리고 브룩 씨, 이 자는 포드 마누라 재미는 못보고 빨래 광
110   주리, 몽둥이 그리고 20파운드 돈에 대한 재미만 봤다오. 그 돈은
      브룩 씨에게 돌려줘야만 해요. 그의 말들이 그 돈에 대한 담보로
      잡혀 있다니까요, 브룩씨.

포드 부인 존 경, 우린 운이 나빴어요. 우리는 결코 사랑을 이룰 수 없었

어요. 다시는 당신을 내 애인이라고 생각지 않을 거예요. 하지만 언제나 당신을 내 사슴으로는 간주할게요.

폴스타프 내가 바보 당나귀 취급을 당한 것 같다는 생각이 들기 시작하는데.

포드 그렇소, 그리고 황소 노릇도 했지. 둘 다 그 증거로 뿔이 있으니까.

폴스타프 그럼 이것들도 요정이 아니었군. 서너 번 요정이 아닐 거라는 생각이 들긴 했었지. 하지만 마음속의 죄의식과, 갑작스레 지각이 놀라서, 서툰 속임수에 넘어가 영문도 모르고 요정이라고 믿어버리고 말았지. 지혜도 나쁜 데 쓰이면 사순절 인형 꼴이 되는군!

에번스 존 폴스타프 경, 하나님을 섬기고, 욕망을 버리시오. 그러면 요정들도 당신을 꼬집지 않을 거요.

포드 그 말 한번 잘했소, 휴 요정.

에번스 그리고 당신도 제발 질투를 버리시오.

포드 내 결코 다시는 내 아내를 불신하지 않을 거요. 당신이 제대로 된 영어로 그녀에게 구애할 수 있을 때까지는 말이요.

폴스타프 내가 이렇게 지나치게 엉성한 속임수를 피할 능력도 없다니, 두뇌를 햇빛에 널어 말리기라도 했나? 웨일즈 염소 놈[57]에게도 농락당했단 말인가? 프리즈 천[58]으로 된 광대 모자를 써야 할까? 이번에는 구운 치즈 조각에 목이 막힌 꼴이군.

에번스 치즈는 버터한테 주기는 좋지 않아 — 당신 배는 온통 버터잖아.

---

57. 에번스의 사티로스(satyr) 가면은 염소 머리를 닮았으며, 웨일즈에 염소가 많고 산악지형의 자연은 조롱의 대상이 되었다.

58. 웨일즈 산 값싸고 거친 양모 천.

폴스타프 치즈와 버터라고? 내 이런 영어를 조각내는 자식한테 놀림당
135 하는 걸 참으려고 이제까지 살았나? 이걸 보니 욕정에 사로잡혀
온 나라를 야밤에 돌아다니는 일도 줄어들 수밖에 없겠군.

페이지 부인 그런데요, 존 경. 우리가 우리 마음속에서 정조관념을 머리
와 어깨로 밀쳐내 버리고, 또 우리가 자신을 주저 없이 지옥에 주
140 어버릴 마음이 있었다 하더라도, 어떻게 악마가 당신을 우리의
애인으로 삼게 만들 수 있을 거라고 생각하시죠?

포드 뭐라고, 저 돼지 소시지를? 저 아마포 자루를 좋아해?

페이지 부인 통통 부은 인간을?

페이지 늙고, 차고, 시들고, 역겨운 내장 덩어리를?

포드 그리고 악마처럼 입이 사나운 자를?

145 **페이지** 욥처럼 빈곤한 자를?

포드 그리고 욥의 아내[59]처럼 사악한 자를?

에번스 거기다 간음에다, 술집 출입하면서 백포도주·포도주·벌꿀 술
을 마셔대고, 음주·욕설·발광·말다툼에 싸움질만 하는 자를
말이오?

150 **폴스타프** 젠장, 내가 당신들 조롱거리가 되었군. 당신들이 날 제압했소.
난 풀이 죽고 말았소. 난 웨일즈 산 플란넬 천 쪼가리한테 대꾸도
할 수 없소. 무식한 자들이 날 측정하려고 들다니, 날 맘대로 하쇼.

포드 저런, 이 양반아. 우리는 당신을 윈저로, 브룩 씨에게 데려갈 거
요. 당신이 그자를 위해 뚜쟁이 노릇을 하겠다고 하면서 돈 사기

---

59. 구약 성경의 욥기에서 욥의 아내는 욥에게 하나님에 대해 신성모독을 저지르라고
조언하였다.

를 친 사람 말이오. 이렇게 당한 데다가 그 돈을 물어줘야 하니 155
몹시 속이 아프겠소.

페이지 하지만 기운 내시오, 기사 양반. 오늘 밤 우리 집에서 우유 섞은
술을 한 잔 합시다. 그리고 지금 당신을 조롱하는 내 아내를 당신
이 놀려주시오. 그녀에게 슬렌더 씨가 당신 딸과 결혼했다고 말
해주시오. 160

페이지 부인 (방백) 그야 의심할 필요가 없겠지. 앤 페이지가 내 딸이라면
지금쯤 카이어스 의사의 아내가 돼 있겠지.

슬렌더 등장

슬렌더 우와, 호, 호 페이지 장인어른!

페이지 사위, 어찌된 거야? 어찌된 거야, 사위? 그 일은 해결했나?

슬렌더 해결했냐고요? 글로스터셔 주의 높은 분에게 이 문제를 알리겠어 165
요. 그렇지 않으면, 정말이지, 목이라도 매서 죽어야겠어요.

페이지 여보게 사위, 무엇을 알린단 말이지?

슬렌더 제가 앤 페이지 양하고 결혼하려고 저기 이튼까지 갔었지요 ―
그런데 그녀가 글쎄 아주 멋대가리 없는 사내아이였다고요! 교회
가 아니었다면, 내 그 자식을 두들겨 패줬을 거예요. 아니면 그 170
자식이 날 때렸겠죠. 앤이라고 생각하지 않았었다면 꼼짝도 안했
겠죠. ― 글쎄, 그 자식은 우체국장 아들이었어요.

페이지 그렇다면, 맹세코, 자네가 잘못 데려간 거야.

슬렌더 그런 말씀을 뭣 땜에 하시는 거예요? 저도 그렇게 생각한다고요.
사내아이를 여자로 알았으니! 그 자식이 온통 여자 복장을 하고 175

있어서, 내가 그 자식하고 결혼을 했대도, 그 자식을 마누라로 삼
지는 않았을 겁니다.

페이지 이런, 이건 자네의 판단 부족 탓이야. 내가 복장을 보고 내 딸애
를 알아보라고 말하지 않았었나?

180 **슬렌더** 제가 흰옷을 입은 그녀에게 가서 '멈'하고 외쳤죠. 그랬더니 그녀
가 '버짓' 하고 외쳤어요. 앤하고 제가 약속한 대로요. ─ 그랬는
데, 그게 앤이 아니라 우체국장 아들이었어요.

페이지 부인 여보, 화내지 말아요. 내가 당신 의도를 알아채고, 딸애 옷
을 녹색으로 바꿨어요. 사실 그 애는 지금 그 의사하고 목사관에
185 있어요. 그리고 거기서 이미 결혼을 했지요.

카이어스 등장

카이어스 페이지 부인 어디 계시오? 하나님 맙소사, 전 속았어요. 전 사
내 아이, 소년하고 결혼했다고요. 촌뜨기, 맙소사, 소년하고 결혼
했어요. 앤 페이지가 아니었어요. 전 속았다고요.

페이지 부인 아니, 당신 녹색 옷을 입은 아이를 데려갔었나요?

190 **카이어스** 맹세코, 그랬지요. 그런데 그게 사내 아이였어요. 맹세코, 내
온 윈저를 뒤집어놓을 거야.   (퇴장)

포드 참 이상하군. 누가 진짜 앤을 데리고 갔지?

펜튼과 앤 페이지 등장

페이지 내 마음이 걱정되네. ─ 여기 펜튼 씨가 오는 군. ─ 펜튼 씨, 어

찌된 일인가?

앤 용서하세요, 아버지 ― 그리고 어머니, 용서하세요.　　　　　195

페이지 그래, 얘야, 어쩌다 슬렌더 씨하고 같이 안 간 거냐?

페이지 부인 왜 너 의사하고 같이 안 간 거니, 얘야?

펜튼

　　두 분께서는 그녀를 당혹스럽게 하십니다. 진실을 들어보세요.

　　두 분께서는 그녀를 가장 수치스러운 방법으로 결혼시키려고 하

　　셨습니다.

　　그 결혼에는 사랑이 요구하는 상호 균형이 없었어요.　　　　　200

　　사실, 그녀와 저는 오래전에 결혼을 약속했고,

　　이제는 확고하게 결속되어 있어서 어떤 것도 저희를 갈라놓을 수

　　없습니다.

　　그녀가 저지른 죄는 신성한 것입니다.

　　이 속임수는 간교함도,

　　불복종도, 불효라는 딱지도 이름 붙여서는 안 됩니다.　　　　　205

　　그렇게 함으로써 그녀는 강요된 결혼이 그녀에게 초래하게 될

　　불경하고 저주받은 천 시간을 피하여 벗어났던 겁니다.

포드

　　해결책이 없으니, 그렇게 놀라서 서 있을 것 없소.

　　사랑에서는 하늘이 그 상황을 안내하거든.

　　땅은 돈으로 사지만, 아내는 운명에 의해 팔리는 법이요.　　　　210

폴스타프 그것 참 기쁘군. 당신이 날 쏘려고 특별한 자리를 잡았는데, 그

　　화살이 빗나갔으니 말이오.

페이지

글쎄, 뭔 해결책? 펜튼, 하나님이 그대에게 기쁨을 주시기를!

피할 수 없는 일은 받아들일 수밖에 없지.

215 **폴스타프** 밤중에 개들이 풀어져 뛰어다니면, 온갖 사슴들이 쫓겨 다니게

마련이거든.

페이지 부인

글쎄, 나도 더 이상 불평하지 않겠어요. ─ 펜튼 씨,

하나님이 그대에게 무수히 많은 즐거운 날들을 선사하시길!

여보, 우리 모두 집으로 가서,

220 난롯가에서 오늘 밤 즐거웠던 일을 얘기하며 웃어봅시다.

존 경하고 모두 다.

포드   그렇게 합시다. 존 경.

브룩 씨에게 당신은 조만간 약속을 지키게 될 거요.

그가 오늘 밤 포드 부인하고 같이 자게 될 거니까요.   (퇴장)

1. 저작연대, 텍스트, 출전

　『윈저의 즐거운 아낙네들』의 정확한 저작 연대는 알려져 있지 않다. '서적출판업조합 기록부'(Stationers' Register)에 따르면 1602년에 출판된 것으로 기록되어 있으며, 4절판(Quarto)으로 출판되었다. 등록된 극의 제목은 『존 폴스타프 경과 윈저의 즐거운 아낙네들에 대한 탁월하고 유쾌하며 기발한 희극』(*An Excellent and Pleasant Conceited Comedy of Sir John Falstaff and the Merry Wives of Windsor*)이다. 1602년 4절판과 1619년에 재출판된 4절판은 많은 부분이 생략된 불량한 판본들이다. 이 극의 가장 권위 있는 판은 1623년 첫 번째 2절판에 실린 것이다. 2절판에는 4절판에는 없는 내용이 들어있는데, 극의 시작 부분에 문장(紋章)에 대한

---

[*] 작품 해설은 주로 Melchiori, Giorgio. Ed. *The Arden Shakespeare: The Merry Wives of Windsor*. London: Thomas Nelson and Sons, 2000.의 "Introduction"과 Crane, David. *The New Cambridge Shakespeare: The Merry Wives of Windsor*. Cambridge: Cambridge UP, 1997. "Introduction" 그리고 Wikipedia를 참고하였다.

논의라든가 4막에 윌리엄 페이지(William Page)의 라틴어 수업에 대한 내용 등은 4절판에는 없고 2절판에만 있는 내용들이어서, 2절판이 상류층이나 교육받은 계층을 배려한 판본임을 알 수 있다.

이 작품은 가터 기사단(The Order of Garter)의 축제를 위해 쓰인 작품으로, 1597년 4월 23일 '성 조지의 축일'(St George's Day)에 웨스트민스터에서 열린 가터 기사단을 위한 연례 축제에서 엘리자베스 여왕(Elizabeth I)과 가터 단의 기사들 앞에서 공연되었을 것으로 추측된다. 에드먼드 말론(Edmond Malone)에 의하면, 이 극에서 언급된 독일 공작에 대한 내용은 독일 공작 프레더릭 1세(Frederick I)가 1592년 영국을 방문하여, 1597년 가터 기사단에 선발된 역사적 사실에 근거한 것으로 생각된다. 또한 윌리엄 그린(William Green)이 주장하듯이, 셰익스피어 극단의 후원자였던 체임벌린 경(Lord Chamberlain)인 조지 캐리(Geroge Carey)가 1597년에 가터 기사단에 선발되었을 때 이 극이 작성되었다고 볼 수 있다.

또한 엘리자베스 여왕의 명에 의해 이 극이 쓰였다는 주장이 지속적으로 제기되었는데, 존 데니스(John Dennis)는 엘리자베스 여왕이 이 극의 공연을 몹시 보고 싶어 하여 2주 만에 쓰도록 명령하였다고 주장하며, 니콜라스 로우(Nicholas Rowe)는 『헨리 4세 1, 2부』의 폴스타프(Falstaff)에게 매료되었던 엘리자베스 여왕이 셰익스피어에게 다른 작품에서 한 번 더 '사랑에 빠진 폴스타프'를 보여줄 것을 명령하여 셰익스피어가 이 작품을 급조하였다고 주장하였다(Melchiori, Giorgio. *The Arden Shakespeare: The Merry Wives of Windsor,* "Introduction," pp. 1-3 참조).

『윈저의 즐거운 아낙네들』의 출전으로 뚜렷하게 알려진 것은 없다. 이 극은 셰익스피어 희극 가운데 유일하게 영국을 배경으로 한 작품으로 영국 중류층의 삶을 그리며 이국적인 배경이 나타나지 않는 작품이다. 하지만 이 극의 구성과 관련해서는 이태리 극과의 관련성을 찾아볼 수 있는데, 포드 부인(Mistress Ford)이 폴스타프(Falstaff)를 빨래 광주리에 숨기는 이야기 등은 이탈리아 세르 지오바니 피오렌티노(Ser Giovanni Fiorentino)의 이야기 모음집인 『일 뻬꼬로네』(Il Pecorone, 1558)에 영향을 받은 것으로 볼 수 있다. 셰익스피어는 당시에 『일 뻬꼬로네』의 영어 번역을 이용할 수는 없었지만, 『일 뻬꼬로네』에 나오는 유사한 내용의 이야기에 영향을 받아 『베니스의 상인』이나 『윈저의 즐거운 아낙네들』 같은 극들을 썼다. 또한 『윈저의 즐거운 아낙네들』의 원천으로 셰익스피어 개인적 경험을 연결시킬 수도 있는데, 예컨대 이 극에 등장하는 인물 샐로우(Shallow) 판사는 셰익스피어가 젊었을 적에 사슴을 밀렵한 혐의로 처벌 받은 토마스 루시 경(Sir Thomas Lucy)을 희화화한 인물로 볼 수 있다. 또한 많은 비평가들이 지금은 남아있지 않은 무명작가의 『질투희극』(Jealous Comedy, 1592)에서 셰익스피어가 등장인물의 유형과 기본적인 스토리를 빌려왔을 거라고 주장한다.

2. 비평

『윈저의 즐거운 아낙네들』에 대한 비평은 17세기 셰익스피어 당대의 초기 비평부터 현대에 이르기까지 폴스타프라는 인물비평에 초점이 집중되어 왔다. 이 극의 폴스타프는 셰익스피어가 『헨리 4세 1, 2부』나 『헨리 5세』(Henry V)와 같은 사극에서 등장시켰던 인물을 희극에 등장

시킨 인물로 간주된다. 따라서 이 극에 대한 비평가들의 주된 관심은 희극의 폴스타프와 사극의 폴스타프에 대한 비교연구에 모아졌다. 폴스타프에 대한 그간의 연구들은 희극에서의 폴스타프가 사극에서의 폴스타프에 비해 평가절하된 경우가 많았다. 비평가의 입장에서 희극의 폴스타프는 사극의 폴스타프에 비해 실망스러운 것이었다. 따라서 사극과 희극에 등장하는 폴스타프라는 인물 간의 연계성 파악과 관련하여 희극 작품의 부족한 점만이 집중적으로 조명되어 왔다. 그 결과 이 작품은 셰익스피어의 희극 가운데서 수준이 떨어지는 작품으로 평가되어 왔고, 비평에 있어서도 별반 주목받지 못하였다. 희극에 나오는 폴스타프는 사극에 나오는 인물에 비해 더 둔한 인물로 등장한다. 희극의 폴스타프는 거의 모든 극중 인물들의 속임수에 봉변당하고, 시종 조롱에 시달리는 얼간이로 등장한다. 하지만 희극의 폴스타프도 그가 지닌 기지와 에너지를 눈여겨본다면 형편없는 인물로만 비하하는 데 그치지 않고 장점을 지닌 인물로 평가할 수 있다.

최근의 비평 경향에서는 점차 폴스타프를 제의적 희생양으로 보는 등 그에 대한 평가의 영역이 확장되어가고 있다. 최근에는 이 작품을 페미니즘적 관점이나 계층 간 갈등관계의 관점에서 분석한 비평들도 있고, 또한 장르와 언어 등 형식적인 면에 대해서도 관심을 보이는 비평 경향이 있다.

3. 작품의 특징 및 주제

『윈저의 즐거운 아낙네들』에는 몇 개의 플롯이 복합적으로 연결되어 있다. 이 극의 중심 플롯은 폴스타프가 포드 부인과 페이지 부인에게 돈을 노리고 접근하다가 강물에 던져지는 봉변을 당할 뿐만 아니라 노파로 변장한 상태에서 두들겨 맞는 내용으로 이루어진다. 따라서 중심 플롯은 평온한 윈저 사회에 폴스타프 일당이 등장함으로써 한바탕 소동이 일어나게 되고, 이에 대해 포드 부인과 페이지 부인이 재치 있게 대처하여 폴스타프를 응징하는 내용으로 볼 수 있다. 하지만 이 극에서 강조되는 것은 폴스타프에 대한 가혹한 복수가 아니라, 깨어진 질서의 회복이며, 극은 화해와 웃음의 분위기에서 행복한 결말로 끝난다. 이 극에서 '즐거운 아낙네들'의 폴스타프에 대한 복수는 비극에서처럼 죽음을 초래하는 응징이 아니라, 폴스타프의 어긋난 욕망을 바로잡아 치유함으로써 한 단계 높은 상태의 질서를 회복하기 위한 필수 과정인 것이다. 이러한 중심 플롯에다 부 플롯인 앤 페이지(Ann Page)에게 구애하는 세 사람 슬렌더(Abraham Slender), 카이어스 의사(Doctor Caius), 펜튼(Master Fenton)의 이야기가 병치되며, 여기에 카이어스 의사와 에번스 목사(Sir Hugh Evans)와의 결투 이야기가 서로 연결되면서 전체적인 플롯은 복합적인 양상을 띤다.

이 극의 두드러지는 첫 번째 특징은 언어적인 면에서 찾아볼 수 있다. 이 극의 대부분의 대사는 구어체적인 산문으로 이루어져 있다. 앤 페이지에게 구애하는 펜튼의 시적인 대사나 피스톨의 저급한 운문체 대사, 그리고 극의 마지막 부분에서 가면극 장면에 나오는 운문체를 제외하면 이 극의 거의 모든 대사는 산문이다. 셰익스피어 작품의 대부분이 운문체로 쓰였다는 점을 감안할 때, 이 극은 예외적이라고 할 수 있다. 이 극이 산문체로 쓰인 이유는 셰익스피어의 극에서 운문체의 대사를 쓰는 인물들은 대체로 신분이 높은 귀족에 해당하는데, 이 극에 등장하는 인물들은 왕족이나 궁중 귀족들은 찾아볼 수 없고 영국의 시골 지역인 윈저 사회에 사는 중·하류층 사람들이 대부분이기 때문이다.

이 극이 지닌 또 다른 언어적 특징으로는 다양한 언어적 실험이 행해지고 있다는 점이며, 그 실험은 다양한 인물에 의한 다양한 형태의 말의 오용을 통해 이루어진다. 예컨대, 카이어스 의사와 에번스 목사의 과장된 악센트, 그리고 퀴클리 부인(Mistress Quickly)의 말의 오용을 찾아볼 수 있다. 카이어스 의사는 과장된 프랑스어를 사용하며, 에번스 목사는 진한 웨일즈 악센트를 사용한다. 또한 퀴클리 부인의 경우는 무지함으로 인해 말의 오용이 발생한다. 이러한 언어적 실험을 통해 궁극적으로 발생하는 효과는 웃음의 유발이다.

『윈저의 즐거운 아낙네들』의 두 번째 특징으로는 이 극을 영국 시민 사회를 다루고 있는 '시민극'으로 볼 수 있다는 점이다. 이 극은 셰익스피어의 다른 작품들과는 달리 이탈리아, 로마, 혹은 고대 영국이 배경이 아니라 당대 영국 시민사회를 배경으로 하며 당대의 중산층과 서민층의 일상생활을 다루고 있다. 따라서 이 극은 윈저 사회를 배경으로 다양한 중류 내지 하류층 인물들의 삶을 사실적으로 묘사하고 있으며, 이로 인해 '시민극'의 특징을 보여준다. 이 극에서 윈저 사회는 초기 근대 르네상스기 영국 사회의 축소판으로 쇠락한 기사, 도둑질을 일삼는 하층 계급, 무능한 판사, 싸움에 휘말리는 목사 등 다양한 인물들이 존재하는 시민 사회이다. 이 극에서 하류 계급의 특징은 폴스타프의 추종자들인 바돌프(Bardolph), 님(Nym), 피스톨(Pistol) 같은 인물들을 통해 제시되며, 폴스타프를 통해서는 쇠락한 기사의 특징을 보여준다.

『윈저의 즐거운 아낙네들』의 주제로는 첫째 '사랑'을 들 수 있다. 그런데 이 극에서 폴스타프가 보여주는 사랑은 셰익스피어의 일반적인 낭만희극들에서 다루어지는 청춘 남녀의 순수한 사랑과는 성격이 매우 다르다. 이 극에서 다루어지는 폴스타프의 사랑은 사랑이라기보다는 욕망이라고 말할 수 있다. 『한 여름 밤의 꿈』과 같은 초기의 낭만희극에서의 사랑은 구애와 결혼과 같은 낭만적 관심사가 주를 이루지만, 『윈저의 즐거운 아낙네들』에서 폴스타프는 오직 돈을 노리고 포드 부인에게 구애하는 내용으로 사랑이 제시되면서 낭만적 요소는 사라지게 된다. 중세에서 르네상스 사회로의 이동에서 가장 두드러진 특징은 귀족계급의 몰락과 함께 부유한 도시상인과 토지를 소유한 중산층의 출현이라고 할 수있다. 이로 인해 당대 영국 사회에는 물질주의적 가치관이 두드러지게된다. 이 극에서 나타나는 물질적 탐욕에 물든 구애는 당대 시대적 가치관의 반영으로 볼 수 있다. 이처럼 이 시기의 결혼에 대한 물질적 가치관은 폴스타프가 사랑 없는 가식으로 구애를 하여 페이지 부인과 포드 부인에게 접근하여 돈을 뜯어내려는 시도에서 잘 드러난다.

또한 페이지의 딸 앤의 결혼 상대자를 고르는 문제에서도 순수한 사랑이 아닌 물질적 가치관이 나타나고 있다. 페이지와 페이지 부인은 딸앤의 결혼 상대자 선택기준에서 귀족 신분 자체에는 재산만큼 매력을 느끼지 못한다. 두 사람은 각기 재산이 많은 향사 친척인 슬렌더와 프랑스출신의 돈 많은 의사 케이어스를 사윗감으로 마음속에 두고 있다. 페이지는 슬렌더를, 페이지 부인은 카이어스를 택하여, 상대방 몰래 딸을 비밀결혼시키려 한다. 페이지와 페이지 부인이 혼인을 통해 획득하고자 하는 것은 신분이나 집안 배경이 아니라, 돈과 재산이다. 이처럼 이 극에서 결혼은 사랑에 기초를 두기보다는 경제적인 가치로 파악되고 있다. 이

점에서 이 극의 사랑의 주제는 다른 셰익스피어의 낭만희극들과는 구별되는 특징을 갖는다.

『윈저의 즐거운 아낙네들』의 두 번째 주제는 '질투'라고 할 수 있다. 이 극에서 질투의 주제는 폴스타프로 인해 촉발된 간통의 문제에 대하여 포드가 질투를 느끼게 되고, 마을 사람들이 폴스타프를 벌주고 포드의 질투를 치유함으로써 화합을 이끌어내는 과정으로 그려지고 있다. 이 극에서 질투를 대변하는 인물은 포드인데, 셰익스피어의 극 가운데 대표적으로 질투가 다루어진 『오셀로』(*Othello*)와는 다르게 다루어진다. 오셀로(Othello)의 질투에 비해 포드의 질투는 덜 위험하며, 조롱당하는 질투이다.

셰익스피어 극에 나타나는 질투는 체액(humour)이론에 의하면, 체액에 문제가 생긴 '광기'의 상태로 볼 수 있다. 유머는 중세 생리학에서 '체액'이라는 의미로 쓰였다. 따라서 포드가 보여주는 질투는 '체액의 교란' 상태이다. 포드는 '오쟁이 진 남편'이란 명칭을 모든 악마의 이름을 다 합친 것보다도 받아들일 수가 없다고 말한다. 그가 부정한 아내의 남편이 되는 것을 두려워하는 이유는 공동체로부터 소외당하는 것이 두렵기 때문이다. 포드는 질투심 많은 남편이 되는 것이 차라리 낫다고 생각한다.

포드가 공동체에서 오쟁이 진 남편으로 낙인찍힌다는 것은 또한 가부장제 사회에서 남성의 권위를 상실함을 의미한다. 포드는 자신이 아내를 잘 지키는 남자라는 사실을 이웃사람들 앞에서 인정받고 싶어 한다. 포드는 아내를 사적 소유물로 간주하는 것이다. 그는 아내의 사랑을 잃는 것을 두려운 것이 아니라 남성의 권위를 잃는 것이 두려운 것이다.

『윈저의 즐거운 아낙네들』의 세 번째 주제는 '복수'라고 할 수 있다. 단순한 의미에서 이 극에서 가장 뚜렷한 복수는 폴스타프가 포드 부인과 페이지 부인을 유혹하려고 시도한 데 대하여 두 부인이 폴스타프를 상대로 행하는 복수이다. 폴스타프는 빨래통에 담겨 템스 강물에 던져지는 수모를 당하며, 노파로 변장한 상태에서 두들겨 맞기도 하고, 숲에서 뿔을 단 상태에서 요정들에게서 불에 손이 지져지고 몸을 꼬집히는 수난을 당함으로써 두 여인의 복수는 완성된다. 그런데 이 극에서의 복수는 비극에서 보여주는 복수, 예컨대 비극에서 햄릿이 보여주듯이 죽음을 초래하는 잔인한 복수가 아니라, 치유와 교정을 목적으로 하는 온건한 의미의 복수이다. 두 여인은 폴스타프의 그릇된 욕정과 탐욕을 벌주면서 멋지게 복수하고, 폴스타프로 하여금 자신의 잘못을 시인하게 만든다. 이러한 복수 과정을 통해 폴스타프는 죄를 용서받게 되고 윈저 공동체는 깨어진 무질서에서 벗어나 새로운 질서를 회복한다.

이처럼 이 극에서 복수는 일차적으로 두 여인에 의한 폴스타프에 대한 복수이다. 그러나 이 극에서 복수의 주제와 관련된 복수의 주체와 대상은 관점에 따라 두 여인과 폴스타프에게만 국한되는 것이 아니라 보다 다양하게 적용해볼 수 있다. 포드 부인의 입장에서는 폴스타프를 이용하여 질투에 사로잡힌 남편 포드에게 복수를 하는 것으로 볼 수 있다. 또한 브룩(Brook)이라는 인물로 변하여 폴스타프에게 접근하는 포드의 입장에서 보면 배신한 아내에게 복수하려는 시도인 것이고, 일차 봉변을 당한 이후에 폴스타프가 포드 부인에게 다시 접근을 시도하는 것은 포드에 대한 복수로 볼 수 있는 것이다.

4. 공연사, 영화

『윈저의 즐거운 아낙네들』은 1597년 4월 23일에 처음으로 공연되었다. 1602년에 출판된 제1 4절판(Q1)에 기록된 바에 의하면 이 극은 여왕 앞에서뿐만 아니라 여러 곳에서 공연되었다고 한다. 1604년 11월 4일에는 화이트 홀(White Hall)의 만찬장에서 공연되기도 하였고, 왕정복고기 이전에 행해진 뚜렷한 공연으로는 1638년 11월 15일에는 찰스 1세(Charles I) 부부 앞에서 이루어진 공연이 있다. 1660년에는 왕정복고 이후 토마스 킬리그류(Thomas Killigrew)의 극단에서 이따금씩 무대에 올려졌다. 사무엘 페피스(Samuel Pepys)는 1660년 12월 6일에 왕립극단이 공연하는 것을 보았고, 1661년과 1667년에도 이 극의 공연을 보았다. 1702년에는 존 데니스(John Denis)가 『희극적 한량 또는 존 폴스타프 경의 연애사건』(*The Comical Gallant or The Armours of Sir John Falstaff*)이라는 제목으로 드루리 레인 극장(Drury Lane Theatre)의 무대에 올렸다. 18세기 초에 이 극의 폴스타프 역으로 가장 유명한 배우는 제임스 퀸(James Quin)이었으며 그는 1720-51년 사이에 이 극을 매우 인기 있는 작품으로 만들었다. 18세기에도 이 작품의 인기는 꾸준하였고, 대부분의 유명한 남자 배우들은 폴스타프 역을, 여자 배우들은 포드 부인이나 페이지 부인 역을 맡아서 공연하였다. 19세기에는 1824년에 프레더릭 레이놀즈(Frederick Reynolds)가 이 극을 오페라로 만들었고 헨리 비숍(Henry Bishop, 1786-1855)이 음악을 작곡하였다. 1911년 개릭(Garrick) 극장에서 오스카 애쉬(Oscar Asche)는 이제까지 이 극의 계절 배경을 4월이나 5월로 했던 전통에서 벗어나 겨울을 배경으로 무대에 올렸다. 1951년 휴 헌트(Hugh Hunt)가 올드 빅 극장(Old Vic

Theatre)에서 이 작품을 부활시켰으며, 1955-56년에는 역시 '올드 빅'에서 폴 로저스(Paul Rogers)가 공연하였다. 그러나 이후에는 이 극에 대한 이렇다 할 공연을 찾아보기 어렵다.

이 작품은 1982년에 영국방송(BBC)에 의해 영화로 만들어졌다. 이 영화는 데이비드 존스(David Jones)가 감독하였는데, 벤 킹슬리(Ben Kingsley)가 포드 역을, 리처드 그리피스(Richard Griffiths)가 폴스타프 역을 맡았으며, 포드 부인 역에는 주디 데이비스(Judy Davis)가, 페이지 부인 역에는 프루넬라 스케일스(Prunella Scales)가 맡았다.

셰익스피어 생애 및 작품 연보

셰익스피어의 생애와 작품의 집필연대 중 일부는 비교적 정확히 기록되어 있는 자료에 의존할 수 있지만, 대부분은 막연한 자료와 기록의 부족으로 그 시기를 추정할 수밖에 없으며, 특히 작품 연보의 경우 학자들에 따라 순서나 시기에 차이가 있음을 밝힌다.

1564	잉글랜드 중부 소읍 스트랫포드 어폰 에이번Stratford-upon-Avon 출생(4월 23일). 가죽 가공과 장갑 제조업 등 상공업에 종사하면서 마을 유지가 되어 1568년에는 읍장에 해당하는 직high bailiff을 지낸 경력이 있는 존 셰익스피어와, 인근 마을의 부농 출신으로 어느 정도 재산을 상속받은 메리 아든Mary Arden 사이에서 셋째로 출생. 유복한 가정의 아들로 유년시절을 보냄.
1571	마을의 문법학교Grammar School에 입학했을 것으로 추정.
1578	문법학교를 졸업했을 것으로 추정. 졸업 무렵 부친 존은 세금도 내지 못하고 집을 담보로 40파운드 빚을 냄.
1579	부친 존이 아내가 상속받은 소유지와 집을 팔 정도로 가세가 갑자기 어려워짐.
1582	18세에 부농 집안의 딸로 8년 연상인 26세의 앤 해서웨이 Anne Hathaway와 결혼(11월 27일 결혼 허가 기록).
1583	결혼 후 6개월 만에 맏딸 수잔나Susanna 탄생(5월 26일 세례 기록).
1585	아들 햄넷Hamnet과 딸 쥬디스Judith(이란성 쌍둥이) 탄생(2월 2일 세례 기록).

1585~1592	'행방불명 기간'lost years으로 알려진 8년간의 행방에 관한 자료가 거의 없음. 학교 선생, 변호사, 군인, 혹은 선원이 되었을 것으로 다양하게 추측. 대체로 쌍둥이 출생 이후 어떤 시점(1587년)에 식구들을 두고 런던으로 상경하여 극단에 참여, 지방과 런던에서 배우이자 극작가로서 경험을 쌓았을 것으로 추측.
1590~1594	1기(습작기): 주로 사극과 희극 집필.
1590~1591	초기 희극 『베로나의 두 신사』(*The Two Gentlemen of Verona*) 『말괄량이 길들이기』(*The Taming of the Shrew*)
1591	『헨리 6세 2부』(*Henry VI, Part II*)(공저 가능성) 『헨리 6세 3부』(*Henry VI, Part III*)(공저 가능성)
1592	『헨리 6세 1부』(*Henry VI, Part I*)(토머스 내쉬Thomas Nashe 와 공저 추정) 『타이터스 앤드러니커스』(*Titus Andronicus*)(조지 필George Peele과 공동 집필/개작 추정)
1592~1593	『리처드 3세』(*Richard III*)
1592~1594	봄까지 흑사병 때문에 런던의 극장들이 폐쇄됨.
1593	「비너스와 아도니스」(*Venus and Adonis*)(시집)
1594	「루크리스의 강간」(*The Rape of Lucrece*)(시집) 두 시집 모두 자신이 직접 인쇄 작업을 담당했던 것으로 추정되며, 사우샘프턴 백작The third Earl of Southampton에게 헌사하는 형식. 챔벌린 극단Lord Chamberlain's Men의 배우 및 극작가, 주주로 활동.
1593~1603 및 이후	『소네트』(*Sonnets*)

1594	『실수 연발』(*The Comedy of Errors*)
1594~1595	『사랑의 헛수고』(*Love's Labour's Lost*)

1595~1600 2기(성장기): 낭만희극, 희극, 사극, 로마극 등 다양한 장르 집필.

1595~1596 『로미오와 줄리엣』(*Romeo and Juliet*)

『리처드 2세』(*Richard II*)

『한여름 밤의 꿈』(*A Midsummer Night's Dream*)

『존 왕』(*King John*)

1596 아들 햄넷 사망(11세, 8월 11일 매장).

부친의 가족 문장 사용 신청을 주도하여 허락됨(10월 20일).

1596~1597 『베니스의 상인』(*The Merchant of Venice*)

『헨리 4세 1부』(*Henry IV*, Part I)

스트랫포드에 뉴 플레이스 저택Great House of New Place 구입

(마을에서 두 번째로 큰 저택으로 런던 생활 후 은퇴해서 죽

을 때까지 그곳에 기거).

1598 벤 존슨Ben Jonson의 희곡 무대에 출연.

1598~1599 『헨리 4세 2부』(*Henry IV*, Part II)

『헛소동』(*Much Ado About Nothing*)

『헨리 5세』(*Henry V*)

1599 시어터 극장The Theatre에서 공연하던 셰익스피어의 극단이 땅

주인의 임대계약 연장을 거부하자 '극장'을 분해하여 템스 강

남쪽 뱅크사이드 구역으로 옮겨 글로브 극장The Globe을 짓고

이곳에서 공연. 지분을 투자하여 극장 공동 경영자가 됨.

1599~1600 『줄리어스 시저』(*Julius Caesar*)

『좋으실 대로』(*As You Like It*)

1601~1608	3기(원숙기): 주로 4대 비극작품이 집필, 공연된 인생의 절정기
1600~1601	『햄릿』(*Hamlet*)
	『윈저의 즐거운 아낙네들』(*The Merry Wives of Windsor*)
	『십이야』(*Twelfth Night*)
1601	「불사조와 거북」(*The Phoenix and the Turtle*)(시집)
	아버지 존 사망(9월 8일 장례).
1601~1602	『트로일러스와 크레시다』(*Troilus and Cressida*)
1603	엘리자베스 여왕 사망(3월 24일). 추밀원이 스코틀랜드의 제임스 6세를 잉글랜드의 제임스 1세로 선포.
	제임스 1세 런던 도착(5월 7일) 후 셰익스피어 극단 명칭이 챔벌린 경의 극단에서 국왕의 후원을 받는 국왕 극단King's Men으로 격상되는 영예(5월 19일).
	제임스 1세 즉위(7월 25일).
1603~1604	『자에는 자로』(*Measure for Measure*)
	『오셀로』(*Othello*)
1605	『끝이 좋으면 모두 좋다』(*All's Well That Ends Well*)
	『아테네의 타이먼』(*Timon of Athens*)(토머스 미들턴Thomas Middleton과 공동작업)
1605~1606	『리어 왕』(*King Lear*)
1606	『맥베스』(*Macbeth*)
	『안토니와 클레오파트라』(*Antony and Cleopatra*)
1607	딸 수잔나, 성공적인 내과의사인 존 홀John Hall과 결혼(6월 5일).
1607~1608	『페리클레스』(*Pericles*)(조지 윌킨스George Wilkins와 공동작업)
	『코리올레이너스』(*Coriolanus*)

1608~1613	제4기: 일련의 희비극 집필.
1608	셰익스피어 극장이 실내 극장인 블랙프라이어스Blackfriars 극장을 동료배우들과 함께 합자하여 임대함(8월 9일). 어머니 메리 사망(9월 9일 장례).
1609	셰익스피어 극장이 블랙프라이어스 극장 흡수, 글로브 극장과 함께 두 개의 극장 소유.
1609~1610	『심벌린』(*Cymbeline*)
1610~1611	『겨울 이야기』(*The Winter's Tale*) 『태풍』(*The Tempest*)
1611	고향 스트랫포드로 돌아가 은퇴 추정.
1613	『헨리 8세』(*Henry VIII*)(존 플레처John Fletcher와 공동작업설) 『헨리 8세』 공연 도중 글로브 극장 화재로 전소됨(6월 29일).
1613~1614	『두 사촌 귀족』(*The Two Noble Kinsmen*)(존 플레처와 공동작업)
1614~1616	말년: 주로 고향 스트랫포드의 뉴 플레이스 저택에서 행복하고 평온한 삶 영위.
1616	둘째 딸 쥬디스, 포도주 상인 토마스 퀴니Thomas Quiney와 결혼(2월 10일). 쥬디스의 상속분을 퀴니가 장악하지 않도록 유언장 수정(3월 25일). 스트랫포드에서 사망(4월 23일. 성 삼위일체 교회 내에 안장).
1623	『페리클레스』를 제외한 36편의 극작품들이 글로브 극장 시절 동료 배우 존 헤밍John Heminge과 헨리 콘델Henry Condell이 편집한 전집 초판인 제1이절판으로 출판됨. 아내 앤 해서웨이 사망(8월 6일)

옮긴이 **김인표**

공주사범대학 영어교육과 졸업

고려대학교 대학원 영어영문학과 졸업(석사, 박사)

University College, Dublin 수학

University of Washington 방문교수

현재, 공주대학교 영어영문학과 교수, 한국셰익스피어학회 연구이사

논문 「『멕베드』에 나타난 주인공에 대한 공감(sympathy) 연구」, 「『한여름 밤의 꿈』에 나타난 상상력」,
「『로미오와 줄리엣』의 극적 구조」, 「숀 오케이시와 유치진 비교연구」, 「브라이언 프리엘의
『루나사에서 춤을』에서 춤의 의미와 역할」, 「에드워드 올비의『키 큰 세 여자』: 자서전적 경험과
보편적 경험의 조화」 외

역서 『주노와 공작』 외

저서 『셰익스피어/현대영미극의 지평』(공저), 『퓰리처상을 통해 본 현대 미국연극』(공저) 외

윈저의 즐거운 아낙네들

초판 발행일 2015년 11월 30일

옮긴이 김인표
발행인 이성모
발행처 도서출판 동인
주 소 서울시 종로구 혜화로3길 5, 118호
등 록 제1-1599호
TEL (02) 765-7145 / FAX (02) 765-7165
E-mail dongin60@chol.com
ISBN 978-89-5506-684-5
정 가 8,000원

※ 잘못 만들어진 책은 바꿔 드립니다.